立川志らく
まくらコレクション

生きている談志

立川志らく［著］

JN170897

竹書房文庫

目次

まえがき

立川志らく

　私のマクラは基本時事ネタだ。出版社から「談志師匠に続く、志らく師匠のマクラ本を出したい」と言われた時は、時事ネタばかりだから無理だろうと思った。

　しかし蓋を開けてみれば、談志に関するエピソードの寄せ集め。なるほど、「談志で一儲けか」と、頭の良い私は、すぐに出版社の腹のうちを読んだ。

　でもね、談志を一番良く見てきた私が、談志が亡くなる前後にマクラで何を喋っていたかは、ファンならずとも気になる。

　このマクラ集は、私の独演会「志らくのピン」の音源をテープ起こししたものだ。ほぼその通り記したものだから、文章としては酷い。でも、実際に志らくが高座で喋っているようなテンポがある。読み進んでいくときっと本題、つまり落語を聴きたくなるはずだ。そうなった人は、是非独演会に足をお運びいただきたい。

　現代においてマクラのつまらない落語家の落語は、「つまらない」と言われている。その昔は、古典落語を語る落語家は、時事ネタやエピソードネタのマクラはふらないのが常識。その噺に付随したマクラをふっていた。

　「まだ青い素人義太夫《しろうとぎだゆう》、黒がって赤い顔して黄な声を出す」、「寝床」。付け焼き刃は、はげやすい、だとか「十人寄れば、気は十色」だとか。時事ネタやエピソードネタは、新作落語の落語家がやるものであった。たまに開催する独演会などのサービスで、エピソードネタなどを話す程度。それが今では、誰もがマクラをふる。誰の影響か？

談志である。談志がその日のニュースやエピソード、特にエピソードは政治家で失敗《しくじ》ったのがきっかけだろう。そのマクラが客にウケた。談志のマクラ目当ての客まで現れた。酷い時になると談志は、落語を演らずマクラだけで高座を降りたことがあった。この影響で、あとに続いた小朝師匠や、楽太郎（現・円楽）師匠がマクラを演《や》りはじめ、現代においては当たり前になった。

だから本来は、面白い話が出来ない落語家は、マクラをふる必要はない。マクラがつまらない落語家は、落語がつまらないのではなく、元々落語のつまらない人がマクラをふるから、つまらないのである。無名で、おまけに面白くない落語家が「えー、先日風邪をひきまして」なんて話し出したって、客からすれば、「お前が風邪をひいたからなんなんだ」と思う。

何が言いたいかというと、何がいいたいんだ？　とにかく志らくのマクラは、面白いことで有名だから安心して楽しんでね。これをもちまして、マクラ集のマクラとさせて頂きます。テケテンテンテンテンテン、出囃子はいりませんね、はい。

編集部よりのおことわり

◆本書は「まくら」を書籍にするにあたり、文章としての読みやすさを考慮して、全編にわたり新たに加筆修正いたしました。

◆本書に登場する実在する人物名・団体名については、著者・立川志らくに確認の上、一部を編集部の責任において修正しております。予めご了承ください。

◆本書の中で使用される言葉の中には、今日の人権擁護の見地に照らして不当・不適切と思われる語句や表現が用いられている箇所がございますが、差別を助長する意図を持って使用された表現ではないこと、また、古典落語の演者である立川志らくの世界観及び伝統芸能のオリジナル性を活写する上で、これらの言葉の使用は認めざるえなかったことを鑑みて、一部を編集部の責任において改めるにとどめております。

QRコードをスマホで読み込む方法

■ 特典頁のQRコードを読み込むには、専用のアプリが必要です。機種によっては最初からインストールされているものもありますから、確認してみてください。

■ お手持ちのスマホにQRコード読み取りアプリがなければ、iPhoneは「App Store」から、Androidは「Google play」からインストールしてください。「QRコード」や「バーコード」などで検索すると多くの無料アプリが見つかります。アプリによってはQRコードの読み取りが上手くいかない場合がありますので、いくつか選んでインストールしてください。

■ アプリを起動すると、カメラの撮影モードになる機種が多いと思いますが、それ以外のアプリの場合、QRコードの読み込みといった名前のメニューがあると思いますので、そちらをタップしてください。

■ 次に、画面内に大きな四角の枠が表示されます。その枠内に収まるようにQRコードを映してください。上手に読み込むコツは、枠内に大きめに納めること、被写体との距離を調節してピントを合わせることです。

■ 読み取れない場合は、QRコードが四角い枠からはみ出さないように、かつ大きめに、ピントを合わせて映してください。それと、手ぶれも読み取りにくくなる原因ですので、なるべくスマホを動かさないようにしてください。

前座時代の苦い酒

二〇〇六年八月三日　「志らくのピン　シネマ落語」　新文芸座
『居酒屋』のまくら

二〇〇六年八月二日、亀田興毅は、ファン・ランダエタとWBA世界ライトフライ級王座決定戦を行い、十二回二対一の判定勝ち。しかし、終始苦戦した亀田が王座を獲得をしたことは、賛否両論を呼んだ。

え〜、大阪のほうでは何だか監禁事件がまたあって、「旦那様」と呼ばせていたという……、『青菜《あおな》』という落語がとっても、今、演《や》りたいような心境でございます（笑）。『青菜』のほうは、あれは自分の奥さんを押し入れに監禁しておいて、それで「奥や、奥や」と呼ぶと、「旦那様」と出て来る─今、演ったら一番旬な落語でございます（笑）。惜しいことしたなぁと。何回か前に、この会で演ってしましまいたンでね（笑）。まさか

演る訳にもいきませんので、一応「演りたい」という気持ちをご報告しておく訳でございます（笑）。

亀田ですか……、あれは一晩経ったら、日本中が袋叩きにしていますね。幾らボクサーだからって、十九歳の少年を、日本中で袋叩きにするのは可哀想ですよ。強がりを言っているけれど、十九歳の、本当は、うんと良い子のような気がしますよ（笑）。え〜、確かに口のきき方を知らない無礼な奴ですよ。ねえ？　親の躾《しつけ》が悪いンでしょう。誰とでも対等に喋れる……、ああいう奴を園遊会に連れて行ったらエライ目に遭いますからね（笑）。陛下に対してだって、タメ口で喋っちゃったりする場合がありますからね。

だけども、キレキャラとしてマスコミが作ったキャラクターですから、カンニングの竹山とたいして変わらないのでございます（笑）。亀田の場合は、あれだけ乱暴なことを言って、顔だってちょっとチンピラみたいな感じがある。だけども親孝行で、努力家というのが面白いですよね。普通、ああいったのは、「練習なんて、大してしやしないよ」とか、「親父なんて……」って言いそうなものだけど、

「練習はこれからも、せなあかん、親父の為に」

なんて言って、それでパァパァパァパァ言っておいて、昨日なんかも、もう、誰が見ても負けたという状態なのに、判定でもって、……これはもう、皆がヨイショしてくれたン

でしょう、日本人がワァーっといるから。ジャッジの三人のうち二人ぐらいは、あの波にのまれちゃいますよ、そりゃぁ（笑）。ここでもって、対戦相手の内藤大助・『ひょっこりひょうたん島』の人形みたいな顔した奴ぅ、あいつが勝ったなんて言ったら、日本人は皆、神風特攻隊だと外人は思ってますからね。こんなところで、日本が負けたら、殺されるンじゃないかって恐怖がありますから、判定で勝ったンでしょう。

そしたら、お父さんだって亀田だって、もう信じられないって感じで、もう、大喜びしてました。で、号泣してましたもンね。

「ううう、こ、これで、親父のボクシングが、世界に、ヒック、ヒッ、通用……」

って、しゃくり上げて泣いてたじゃないですか（笑）。あれ見てたら、「ああ、いい子なんだなぁ」と思いました。だけども、亀田のダメなのは、その夜、スポーツニュースに出ると、また、ふんぞり返っちゃって、

「まぁ、ええんやないの、ピンチぐらい。たまには見せてやるか、ああいうのも」

って、また元に戻っちゃりして（笑）。本当に、お気の毒な少年でございます（爆笑）。

亀田って子は、弟が下になればなるほど、凄く可愛らしい顔になっていくじゃないですか？　同じような顔しながら、ドンドン可愛らしい顔になっていく。だから、あれが本当なんですよ。作られたキャラなんでございます。あの三人が並ぶと、イルカのフリッパー

みたいですね、顔が（笑）。何か、シーワールドに居そうな感じがして（笑）。お父さんが、飼育員をやっているような（爆笑）。わたしには、もう、イルカにしか見えないのでございます（笑）。

「亀田の名にかけても、絶対に負けられない」

ってことを、ずっと言ってましたけど、餅菓子屋《あられ》の回し者かと思いました（笑）。

「絶対、わしより強いものはおらへん。一番強いンやぁー！」

そんなこと言ったって、じゃぁ、ノゲイラだとかヒョードルと闘ったら殺されちゃいますからね。あのぐらい小っちゃい人たちで、殴りっこすると一番強いということですから（笑）。まあ、曙《あけぼの》ぐらいには勝てるとは思いますけど。

曙は、草野仁だって勝てます（笑）。せいぜい和泉元彌と、どっこいぐらいの、そんなところでございましょうねえ。

NHKでもって、曙の悪口を言ったら、怒られちゃって、

「曙の悪口を言ってはいけません」

「何でですか？」

って言ったら、

「弱者を攻撃したらいけない」

って、そういうふうに怒られました（笑）。国営放送が認める「弱者」でございます（爆笑）。労《いた》わってあげないといけない訳でございます（笑）。

今日は、先ずは『居酒屋』という噺で。

わたしは、酒は殆《ほとん》ど……、昔は一升酒を飲むぐらい強かったンでございますけど、兄弟子の談春兄さんと、前座時代にずぅーと修行して、……やっぱりウチの師匠、当時は未だ四十九か、五十ぐらいだったですから、精神的にも体力的にもバリバリの頃ですよ。で、寄席から飛び出して立川流という組織を創ったあとですからねぇ。

今でこそ談志は一杯仕事がありますよ。わたしが入ったときは、殆ど無かったですね。落語会も無いし、所謂営業みたいのも無いし、文化公演みたいのばっかしだったですよ。仕事が無くて、月の内半分ぐらいは自分の家に居る。寄席に前座を全部預けておけば良かったのに、もうそれが無くなってしまった訳だから、前座がゴロゴロ居て、しょうがないから築地の魚河岸《うおがし》に皆を入れちゃった。だから、イライライラしてました。だから、精神的に……。要は、普通、怒鳴る人ってのは、感情じゃないですか？

「馬鹿野郎！　この野郎！　手前、死ね、この野郎！」

って理屈は、そこに無いンです。論理は無いンです。談志の場合は、怒鳴りながらそこに論理立ってるから、もの凄く怖い（笑）。そんな人、いないでしょ？　怒鳴りながら、論理立てて言ってくる人ってのは。

「（談志の口調）如何《いか》にお前がダメだってことを、これから説明する、馬鹿野郎！　手前《てめ》は、こうこうこうで、こうだから、俺はイライラするンだ、この野郎！　消えろ！」

そんなことを言われたら、わたし二十歳前後だったですけど、どうにもならないですよ（笑）。「消えろ」って言われたときは悔しいから、本当にドロロ〜ンって消えてやろうかと思いました（笑）。

もう、堪らないですよ。それで、体重も三ヶ月ぐらいで十何キロ減りましたからね。立川流前座ダイエットでございます（爆笑）。精神的に追い詰められて、痩せちゃう（笑）。で、しょうがないから談春兄さんなんかと、毎晩のようにお酒を飲んで、それで一升ぐらい平気で飲めるようになった。もう、ベロベロに酔っぱらって……。談春兄さんが未だ当時、十七か八ぐらいだったですから、……それをわたしが無理やり酒を飲ませた訳ですからね、未成年を（笑）。向こうは兄弟子ですから、「兄さん、兄さん」って言って、無理やり未成年に酒を飲ませて、これでもって襲っちゃったら、『極楽とんぼ』の山本と同じになってしまいますけど（笑）。そういうことは、しませんが。

ウチに連れて行ったら、わたしの大事な古典落語の金原亭馬生《きんげんていばしょう》師匠のテープに、あン畜生、ゲロを吐きやがった。ブワァーって(爆笑)。もう、あんなに頭に来たことは無いですよ。幾ら兄弟子とは言え。もう、頭に来て、それでずるずるずるずる引きずって、便所の中にボーンと蹴飛《けと》ばして、

「ガキが酒飲むな! この野郎!」

って、怒鳴ったら(笑)、さすがに目がマジになってました。それ以来、どうも、仲がギクシャクしている(爆笑)、そんな感じでございます。二人とも、今から二十年ぐらい前は飲んでいたンですけど、今は全く飲まなくなってしまってね。

お酒というと、酔わなきゃ飲むンですけど、酔うからやっぱり、飲めない人ってのはダメなんです。気持ちが悪くなっちゃうンですね。だけども、好きな人から言わせると、

「あの酔った感じが堪らない」

「酔いたいから飲む」

そりゃ当然のことでしょうけれど。

で、まぁまぁ、酔っぱらい。落語に出て来る酔っぱらいってのは、実際にああいう酔っぱらいってのは、居ないのかも知れませんが、ある程度はディフォルメしてます。落語の世界は、皆、ディフォルメですから、田舎者もどこの地方の人か、分かりませんからね。

「おらはぁ、ナントカだぁ〜」

って言ったって、どこの地方の人かはよく分からない。あれは東北に若干近い部分があるンでしょうけどね。

え〜、酒飲みの場合も、「うわぁぁぁ」ってなってますけど、実際にあんな酔っぱらいは、まず居ませんからね。シャキンとしながら、目が座って酔っているほうが怖い。でも、落語のほうは、ある程度ディフォルメして描くというのが決まりでございます。

で、居酒屋に行って、そこに居る店員、小僧、これをからかいながら、酒の肴にして飲むのが、一番楽しいンだそうでございますが……。

江戸っ子の了見

二〇〇六年九月十一日　「志らくのピン　古典落語⑧」　内幸町ホール
『権助魚』のまくら

二〇〇六年、長く皇室に男子が誕生しない為、皇位継承問題が注目された。同年、四十一年ぶりに皇族男子として悠仁親王が誕生した為、論争は沈静化した。

え〜、この度は紀子様が男の赤ちゃんをお産みになられまして、大変におめでたいことでございます。

乙武君が、自分のブログでイチャモンをつけたらしくて、そうしたら、途端に、「貴様、人間かぁ？」って、ぅわぁーっという猛攻撃を受けて、乙武君は手も足も出なくなってしまった（笑）。そんな小噺でございます（笑）。……小噺ってことはありません（笑）。

普段は、障害がある人が出て来ると、日本人と言うのはもの凄く優しく、腫れ物に触るように対応するのに、やっぱり皇族のことに関しては、もう容赦しませんね。相手が何だろうが、バァーっといく……。これが日本人のおっかないところです。わたくしも言いたいことが沢山ありますけれど、……ああ、言いたいなぁ、でも、止めときます（爆笑）。え〜、怖ろしいですから、どうなるか分かりませんからね。

だけど、昨日なんかも皇太子夫妻が、愛子様を連れて相撲見物ですよ。何が一番気になるかって言うと、皇太子様と、雅子様と、愛子様、この間に挟まれている愛子様は、ニコニコ笑っている。これはいいンですけど、うしろに居座っている北の湖理事長の、もう、沈痛な、どうしてイイのか分からない、胃潰瘍になりそうな、途中で何か知らないけど、顔面神経痛が出ちゃったような（笑）、こんなになってましたけど……。それが気になって、気になって、しょうがなかったですねえ（笑）。

わたしの知り合いも、昨日たまたま両国国技館に行っていて、皇族を観てて、もの凄く盛り上がった。アイドルが来たような、……外国のスターが来たぐらいの盛り上がりだったそうです。お年寄りのお爺ちゃん、お婆ちゃんなんか、もう、訳が分かんなくなって、もう、何だか、

「うわぁー！　出てきたぁ！　この度は本当におめでとうございます！」

って、あれは弟のお子さんじゃなかったの？　って、もう、混ざっちゃっている人がい

るぐらいでした（笑）。

でも、近頃、落語を演《や》っていると、皆、演ることは、わたしの弟子もそうですけど、ここで手拭を必ず拭きますね。姑息な手段で笑いを獲ろうとする。……今月一杯ぐらいは、皆、演るンだと思いますけどね。

あのハンカチ王子も、早稲田に行くことが決まっちゃったみたいで、……肩ぁ壊してきっとダメになっちゃいますね。わたしはプロに入って、大儲けしたほうが得なようなきがしますけど。

ハンカチ王子って、ネーミングが嫌ですね。ハンカチ王子なんて、……で、タオル使ったら、タオル王子とか書かれているンですよ。サングラスかけただけで、「サングラス王子」。あのひとは、もう、何をやっても、何とか王子って言われますからね。もう、王子だか、赤羽だか、もう、どうでもいいや、そんなものは（笑）。

わたしは高校野球ってものが、どうも好きじゃないですね。汗と、皆、丸坊主で、……いいじゃないですか？　毛があったって（笑）。高校野球っていったってね。アメリカの野球選手は、皆、生やしてますよ。何で皆、あんな丸坊主にして、それでもって校歌を歌うと、皆、軍歌調じゃないですか。あれは、軍国主義の名残のような気がしますね。髪の毛が生長いと、悪い子供という訳じゃないでしょ？　ね？　何か未だに、皆、丸坊主でやるという……。

それで試合が終わると皆で土を袋に詰めて、……雨降ったらドロドロのやつを入れてる奴が居ますから（笑）。泣きながら土ぃ入れて。……泣きながら土を入れてる姿を外国の人が見たら、不思議な民族の習慣だと思いますよ（笑）。

江戸っ子の了見からしたら、こんなものを入れたって、

「ぁぁあ、……要らねえっ！」

って、捨てるような奴が出て来ないですかね（爆笑・拍手）。何かもの凄く野暮な気がしますよ。だって、カァーンなんて打って、もう、ボテボテのゴロで、どうやっても、一塁は百パーセント、エラーしない限り、もう、無理なんです。だけども、「うわぁぁぁぁ」って、頭からいくでしょ（笑）、あれ？　何なんですか、あれは要は、頭から行ったら早いってことじゃないですよ。自分はそこまでしても一塁に行きたいンだって言うアピールですからね、子供の（笑）。だから、先生なんかも、無駄なことはするな、と。スポーツなんだから、根性だけじゃどうにもなんないと教えて、……中には江戸っ子かなんかで、カァーンと打って、結構飛距離が出ても、

「ああ、……無理だ」

って、ポーンと帰っちゃうような（爆笑）、そういう小粋な選手が一人ぐらいいてもい

いじゃないですかねぇ（爆笑・拍手）。

皆、頭からブワァァァって、滑り込んだほうが早いンだったら、……あれ絶対に駆け抜けたほうが早いンですよ、どうやったって。滑り込んだほうが早いンだったら、百メートル競走で、「用意、スタート」で、皆、滑り込めばいい（爆笑）。誰も行かないところを見ると、やっぱり駆け抜けるほうが早い訳ですよ。随分間抜けなものだなぁっと、思いました。

まぁ、でも、乱暴な奴って、世の中に幾らでも居ますよ。ウチの師匠・談志もそうだし、……談志一門ってのは、皆、やっぱり師匠のどこかに似るンですね。わたしなんかは、落語の考え方みたいのが、オウム真理教の麻原彰晃と上祐さんみたいに、そんな感じで感化されてる部分がありますけど（笑）。そこが似る人と、唯々乱暴なところが似る人が（笑）、……いますよ（爆笑）。

あのう、……談春兄さんなんかも乱暴ですね（笑）。前に、電車でね、未だ、自動改札がないときに、百六十円のところを、三十円足りなかったンですよ。駅員に切符を渡して、そのまま行っちゃったら、駅員が、

「あっ！　ちょっと、お客さん！　三十円足りないよ。三十円。三十円足りません！」

って言ったら、

「欲しけりゃ、くれてやらぁ」

って銭を放りましたからね（爆笑・拍手）。お前は銭形平次か、この野郎。凄いですよ。ウチの師匠なんかも、ところ構わず怒鳴る。以前に前座のときにハワイに連れて行ってもらったときも、飛行機は師匠がファーストクラスで、わたしは普通のエコノミーなんです。で、わたしは、生まれて初めて海外に行くというので、もの凄く緊張している訳。飛行機が飛び始めたら、電気が暗くなって、周りの人も、皆、毛布掛けて寝てるンですよ。わたしも、皆に合わせて毛布掛けて寝てたら、ウチの師匠がすぅーっと来て、……何か用があったンでしょうね。寝てるわたしの頭を、パンって叩いて、大きい声で、

「（談志の口調）飛行機に乗って、寝る奴があるかぁっ！」

って、怒鳴った（爆笑）。そしたら、他の寝てる人が、皆、飛び起きちゃって（爆笑）、「えええ〜!?」なんて言って……。それからというもの、立川談志が来る度に、寝ている人は皆、ドキドキして（笑）、怒られるンじゃないかって（笑）。思ったことは、本当に口からポーンっと出ちゃう、そういう人っているもんでございます。

え〜、今日は、一席目に『しの字嫌い』という噺を出しておりましたけれど、これはどう演ってても面白くありません（笑）。どうにもならない噺ってあるンですね。去年ネタ降

ろしで二十本演りましたけれど、大抵のものは何とかなる。これ ばかりは、どんなに知恵を絞っても、客席が凍りつくようになってしまいます（笑）。何も、そんなに無理して演ることぁねえなと思って、『権助魚《ごんすけざかな》』って出したら、『権助魚』は、来年の一月に演る予定になってますンで、来年の一月はその代り『棒鱈《ぼうだら》』という落語を演ります。

今日は、『権助魚』。二十一年前に、兄弟子の立川談四楼《だんしろう》師匠に面と向かって教えてもらって、それから一度も高座にかけなかった（笑）。それは、談四楼師匠に魅力が無かったとか、演りたくないという、そういう訳ではないンですけど、何か演る機会が無くて……。それで急遽思い出して、今楽屋で弟子に、いろいろと人の名前や何かを教わって（笑）、舞台に上がって来た訳でございます（爆笑）。

え〜、焼餅の噺。え〜、悋気《りんき》、……悋気って言葉は、もう死語でございましょうけど、

「焼餅は遠きに、えっ？　遠くへ焼」

って、もう忘れてますけど（爆笑）。

「焼餅は遠火で焼けよ　焼く人の胸も焦がさず　味わいもよし」

そんな言葉がございます……。

談志の好きなものを好きになる

二〇〇六年十月十二日　『志らくのピン　シネマ落語編⑨』　新文芸座
『味噌蔵』のまくら

え〜、『シネマ落語の会』。この会を演《や》ると、大抵前の日に、……普通はオフにして仕事を入れないようにするンですが、必ず何か入っちゃうンですね。前も、弟弟子の真打昇進のパーティーがあって、それに参加して、それの二次会でウチの師匠がアコーディオンの先生を呼んで来て、懐メロ歌ったあとに、

「志らく、歌え！」

って、わたしも歌詞カードを見ないで、二時間歌わされたことがあります（笑）。それでヘロヘロになって、この会で声が出なかったことがあります（笑）。

昨日は立川談志が有楽町で独演会を演って、古希のお祝いでサプライズをやろうって話になりました。談志が『居残り佐平次』をトリで演ったンですよ。結構出来が良くて、師匠も満足でした。で、終ってから幕が閉まる前に、談志師匠がグチグチ反省会をする訳で

すよ（笑）。

「（談志の口調）ぅぅぅ、あと、今年一杯で死ぬ」

とか、いろんなことを言ってて（笑）。で、ずぅーっと、また、五、六分喋る訳ですよ。で、そこで「はい、お終い」って幕が閉まると、それで終わりなんだけど、昨日は、その幕が閉まる寸前に、一門が全員、紋付袴でバァーっと出て行って、

「師匠、古希のお祝い、誠におめでとうございます」

って計画した。それで師匠が散々喋ったあと、頭下げたら、弟子がバァーっと出て来たら、ハッと、もの凄く驚いて、

「な、なんだい」

って、引きつったような顔になって、で、司会の進行をするのが、今年真打になった談慶《だんけい》って弟弟子が、何かメモ紙を見ながら、……師匠を前に緊張しちゃっている訳ですよ。客が千人ぐらい居て、談志が高座に居る。もう、ガタガタ震えながら、

「あ、あの、師匠、古希のお祝いおめでとうございます。あの、何か一言、コメントがございましたら……」

「一言コメント」って、散々喋ってたンですよ、師匠は（笑）。散々喋ったのに、何が一言コメントだ（笑）。それで、

「最後に三本締めをいたしましょう。音頭は総領弟子の土橋亭里う馬《どきょうていりば》」って、全部棒読みしてて、師匠が、

「（談志の口調）馬鹿野郎！　読まずにやれ！」

そりゃそうですよね（笑）。ワザワザお祝いに行って、しくじってしまいましたけどね（笑）。それで、終ってから打ち上げがあって、それで一門も全員で参加して、打ち上げをしました。

それで師匠は、ベロベロに酔っ払って、睡眠薬をガリガリとかじって、……睡眠薬を肴《さかな》に酒を飲む人ですから、訳が分かんなくなっちゃう（笑）。お酒は大して量を飲まなくてもヘロヘロになって、で、道を歩きながら、わたしに向かって、

「（談志の口調）ぉぉおまえは、こんな風になること、ないの？」（爆笑）

「わたしは、ありません。師匠」

わたしは、睡眠薬とか、かじらないからね。

「（談志の口調）あっ、そう」

それで、一門が大勢いたンだけど、師匠が何故か、

「（談志の口調）志の輔、志らく、談春、ちょっと、おまえたちだけ、ちょっと来い」って、必ず銀座の美弥《みや》ってバーに行くンですよ。三人だけ、声をかけてくれて、師匠が

小っちゃい声で、

「(談志の口調) 志らく、早く行こう」

「いや、でも、兄弟子が……」

「(談志の口調) いいんだよ。おまえたちだけ連れてったってことがな、古い弟子達に知られると勘違いされると困るから、行こう」

って、何か凄い気弱なんです(笑)。別に、「この三人、連れて行く」って言えばいいじゃないですか。他の弟子達に、何か申し訳ないと思ったンでしょう。

それで、三人が連れて行かれたら、もう一人、同期の大阪から来た立川文都《ぶんと》さんって人が、何か知らないけど、一緒にくっついて来て、美弥で飲んでたンです。

で、パァパァパァいろんな話をしてたら、師匠の娘の弓子さんって言う、わたしと同い年四十三歳の、元タレントですけど、その方が乱入して来てね。とにかく、師匠を女にしたような激しい人なんですよ(爆笑)。

「パパッー!」

って言いながら、平気で談志の首を絞めちゃったりするンですよ。で、談志が爪楊枝を手に取ると、

「ああ、パパ。爪楊枝、食べないでね」

「（談志の口調）食べてンじゃねえ！　歯の隙間、取ってンだ！」

「ああ、そんなにボケてないわね」

って、平気でバンバン突っ込む、談志に。

それで、弓子さんが、そのメンバーを見て、

「志の輔さんと、談春さんと、志らくさん、……あああ、売れてる人たちだけ来たンだぁー」

て、言って（笑）、

「売れて無い弟子たちは、皆、帰しちゃったンだ。パパ、そうなんだよね？」

って、パッと見たら、文都兄さんと目が合ったンですよ（笑）。そしたら、文都兄さんは、ちょっと気まずそうな顔をした（笑）。

「大丈夫、大丈夫。アンタはね、ここに居るってことは、いつかは売れるから」

って、もう訳が分からない（爆笑）。談志が一人増えちゃったような感じになっちゃった。それで、談春兄さんに向かって、弓子さんが、

「談春さん、本当にアナタ馬鹿ねぇ」

とか、凄く乱暴に言う。で、わたしの顔をパッと見て、

「あっ、ああ、師匠、どうもお久しぶりで」

って言ったら、談春兄さんが怒って、

「俺のほうが先輩なのに、何で俺には夕メ口で志らくには、敬語なんだ」

って言ったら、

「ハッハ、だって、この人、オタクみたいだから、おっかないンだもの」

って、訳が分からない（爆笑）。談志の娘からは、「オタクみたいで、怖い」と口を利いてもらえませんでした（笑）。

え〜、昨日はそれで深夜まで、……志の輔兄さんも、睡眠薬をかじらされてヘロヘロになって（笑）。二人、ヘロヘロなのが歩いているような、そんな状態でございました。


ええ、まぁ、最近の出来事と言うと、一昨日、……わたしはあんまり口外してませんけど、中日ドラゴンズを三十五年ぐらい、ずぅーっと応援してたンで、名古屋には何の関係もないですけどね。別に名古屋は、美味しいものもあんまり無いし、……強いて言えば、八丁味噌が好きなぐらいですね。朝昼晩、八丁味噌でも大丈夫なくらい。そのくらいしか、名古屋には思い入れが無いンですが、どういう訳だかドラゴンズが好きで、……落合が好きなんですよ。

落合を好きになった元はと言うと、ウチの師匠の談志の影響なんです。ちょうど落合が

ロッテで三冠王を獲ったときに、タクシーに乗っていた師匠が、

「(談志の口調) ぉぉぉ、落合先生は、偉《えれ》え！　ぅん。有言実行、大したもん」

って言って、やたら落合を誉めるンです。で、わたしは当時、前座だったから、「あ、そうなんだ。落合は凄いンだ」って思った。それから、落合をずぅーっと観続けて、もの凄く好きになっちゃったンですよ。もう、落合の打率を毎日チェックするぐらい(笑)、好きで好きでしょうがなくなってね。

したら、十年ぐらい経って、師匠が、

「(談志の口調) 落合、ダメだ、あれ(笑)。金に汚い奴は、下品！」

なんて、飯を食いながら、御飯をボロボロこぼしながら喋っててねえ(笑)。今更、「嫌いだ」って言われたって、わたしはもう、嫌いになれなくて、それと同じのがフランキー堺ですね。

フランキー堺のことを、もの凄く誉めてて、それで『談志・フランキー堺　超二流会』ってのを、有楽町マリオンで演ったこともあるンですよ。フランキー堺が講談演って、ウチの師匠が落語演って、わたしが開口一番で落語を演ってね。それで、

「フランキーは偉い。最高の俳優だ」

って言うから、だから、わたしもそれからフランキー堺は見なくちゃいけねえと、片っ

端から観て、もう、フランキー堺が命になって、もの凄く大好き。で、それだけ好きになったあるとき師匠が、

「(談志の口調) フランキーもダメだな、あれぇ。大学の先生になって、あれは俳優として最低」

って、もう、今更嫌いになれないの(笑)! どうしてくれるンだ(爆笑)! ウチの師匠の影響てぇは、そういう恐ろしいものがあります。

それで、昨日、一昨日と野球観に行って、わたしは中日の内野席に座ってて、……で、落合夫人とか来たンですよ。そしたら、皆、野球なんか観ないですね。

「ああ、落合夫人だ」

「夫人が来た」

「夫人が来た。夫人が来た。夫人が来た。夫人が来た」

って、終いには「夫人コール」とかやってンですよ(笑)。それが分からないわたしの連れなんかは、

「誰が来たの?」

「夫人が来たンだよ」

「えっ、デビ夫人?」(笑)

「いや、デビ夫人じゃない。落合夫人だ」

って、これもおっかないですね。「デビ夫人」って言葉が、ポーンと流れて、人の耳に入ると、それが伝わるンですね（笑）。それが証拠に、わたしが七回にトイレに行ってオシッコしてたら、横の若者が、

「オイ、今日、デビ夫人が来てるぞ！」（笑）

ええっ！　来て無いだろ！　って、たまたま、ぽろっと出たのが誰かの耳に入って、こうなっちゃう。それと同じように、「健さんが来てる」って、わたしの耳に入ったンですよ。高倉健が来てるンだ。で、どこを捜しても健さんはいないンです。よぉーっく捜してみたら、研ナオコがいる（笑）。誰かが研ナオコの傍《そば》でもって、呼び捨てにするといけないから、

「ああ、研さんだ。研さんだ。研さんが来てる」（笑）

ってのが、段々段々広がって伝わって来ると、「健さん」で、高倉健になっちゃう。そういうことがありますね。

前も談志の楽屋に前座が、

「チョウチョウさんが来ました。チョウチョウさんが来ました」

「チョウチョウさん」って言うから、ウチの師匠は、ミヤコ蝶々だと、芸能界の大先輩だ

と思って、

「(談志の口調) えっ！　本当にぃ！」

って、猿股姿だったのを、急いでズボンはいて、

「(談志の口調) こりゃ、大変だ。蝶々さんが、ワザワザ来てくれたンだ」

って、入ってきたのが、その町の町長さんが入ってきた (笑)。訳が分からない。

「(談志の口調) 何で、そういう言い方をするンだぁ！」

って、師匠がもの凄く怒ってました (笑)。

この間の、『談志・志らく親子会』のときも、そうでした。誰かが、

「マイコさんが来た。マイコさんが来た」

って、祇園から何で舞妓さんが来るンだろうと思っていたら、中村メイコで、メイコさんだったンです (笑)。発音がハッキリしないから、「舞妓さんが来た」と思って、もの凄くビックリしました。

え〜、その『談志・志らく親子会』というのも、先月の二十六日に池袋の芸術劇場で演って、向田邦子没後二十五年の追悼イベントなんですけど、八百人の内、四百人が招待客。それが全部、向田邦子ファンですから、沢田研二と田中裕子夫妻が居たり、小林亜星、あと和田誠、それから深津絵里が居て、とにかく、角野卓三とか、そういう皆、見た

ことがある人が一杯居る訳ですよ。そうすると、一番面白かったのが、わたしの友人が小林亜星がちょうど見える位置に座ってた。小林亜星は何だか知らないけど、向田邦子の追悼で来てるのに、ウチの談志が、家元が出てきて、凄く乱暴なことを言う訳ですよ。

「(談志の口調)ぇぇぇ……、キム・ジョンイル、マンセー！」(笑)

とか、

「(談志の口調)ぅぅぅ……、お×んこー！」

とか、平気で言ったりする(笑)。すると、慣れてる談志のファンは、

「ああ、言った。言った」

って、喜んで笑うンだけど、小林亜星とかは、そんな免疫が無いですから、もの凄く驚いて、もう、固まっているそうです(笑)。

「はぁー？　こんなこと言って、いいのかな?!」

ドンドン固まって、もの凄く怒っているのかと思ったら、時々、「フッハッハ」って、忍ぶ様に笑うンだそうです(笑)。その顔がもの凄く面白かったって、言ってました(笑)。

わたしの友達なんか、深津絵里が客席に居ただけで、もう興奮して、深津絵里しか見てないンです(笑)。わたしが『文七元結』って人情噺を演って、終ってから、

「どうだった？『文七元結』」

って、言ったら、

「うん、深津絵里しか見てなかった」

「おれの噺は聴いてた？」

「いやいや、聴いてたけど、何だかね、もう、深津絵里を見ながら聴いてたから、深津絵里がねえ、吉原の『佐野槌《さのづち》』に売られちゃった気分だ」

って、訳が分からないことを言ってた（笑）

『落語のピン』と『志らくのピン』

二〇〇七年一月十一日 『志らくのピン 古典落語編』 内幸町ホール
『湯屋番』のまくら

え〜、新春最初の『志らくのピン』でございます。

もう、ピンをはじめて十年以上、「何故ピンと言うンですか?」って、これは由来があって、フジテレビの深夜番組で『落語のピン』というのが、ウチの師匠・談志が半年ぐらい出演してました。そこで、昇太兄さんだとか、志の輔兄さんだとか、わたしなんかが出て、そのときのタイトルが『落語のピン』。で、ピンが終ってしまったンで、わたしがひとりで引き継いで『志らくのピン』とした訳です。

でも、考えてみると、未だ三十そこそこだったンですけど、随分燃えてましたね。師匠と一緒だったンだけど、わたしと、昇太兄さんと二人で話して、テレビの中継ですから、「師匠よりウケよう」というのが、一つのテーマでしたよ。それで、どう演《や》ったってウケる訳が無い。で、失敗したときなんか、昇太兄さんなんかは、涙を流して悔しがっていた。わたしも、袖で談志が聴いていて、目の前にはテレビカメラ、で、客は全部、談志信者ですからね。今日の今の前座に対して、お客さんは甘いぐらいですよ（笑）。談志しか笑わないってぇ、そういう状況のお客さんですから（笑）。

だから、どうしようかと考えたのが、本番前にトイレに入り込んで、二〇分ぐらいですかね、ずぅーっと自分で自己催眠をかけて、それで大爆笑のところを想像して、そして、「お願いします。志ん生師匠、降りて来て下さい（笑）。圓生師匠、降りて来て下さい（笑）。三平師匠も、ついでに降りて来て下さい（笑）。小さん師匠も、降りて来て、あっ、未だ生きてた！」（爆笑）

そうやって、もの凄く自分が名人に成ったような気持ちで出て、それで結構ウケた。そんな記憶がありましたねぇ。

え〜、自分はかなり消極的な人間ですが、そういう芸に関しては、もの凄く野心的なところがありました。入門して、未だ前座の頃、わたしは二年半しか前座をやってませんけど。でも、入門して半年ぐらいで、自分で独演会を演った。師匠が、「特例で認める」なんて言って。半年ですよ、考えてみたらねえ。

それから、談志独演会に出て、その信者の前で、開口一番に真打が出ても、誰も反応が無い、そこへ出た。でも、何か演りゃぁ、相手は生き物なんだから、笑うに違いない

（笑）。凄く自分で計算しました。とにかくウケなくちゃいけない。ですから、ワザと失敗して、ワザと言い間違えて……。で、わざと言い間違えたままじゃ、唯の下手クソになるから、ワザと言い間違えて、そこはアドリブで、全部自分で台本を書いているンですが、

「ああ、ちょっと分かんなくなっちゃった」

「お前、今、間違えた」

「いや、あのね、客が皆シーンとしてるから、間違えちゃうんだよ。客が悪いンだ。この野郎」

って言いながら、最後は、

「バイバーイ」

って、こうやって別かれる（笑）。それで客が、しょうがなく笑ってましたね。それと、あとは師匠の悪口を言う。皆、談志の悪口というと、「上納金を取る」、「吝《けち》」だとか、政治の話、そんなのはしなかった。わたしは出て行って、

「立川談志は、ロリコンです」（笑）

それからあと、

「縫いぐるみの趣味があります」（笑）

そういう私生活を全部暴露して、もう、どんな手を使ってでも笑いを取ろうという、そ

ういう感じだったですね。それでも、なかなか客が笑わないときは、じゃぁ、大ネタをかけちゃおう。未だ入って一年も経っていないような前座ですよ。それが出てって、開口一番に、『談志ひとり会』で、『大工調べ』を演りました（笑）。

客は唖然として、拍手をせざる得ない（爆笑）。もの凄く苦情が来ましたけどね（笑）。

「あの前座は、何なんだ？」

「落語界のルールを知らない」

で、楽屋に居た先輩も、皆、怒ってましたけど、師匠の談志だけは、

「（談志の口調）ぅぅぅ、俺は何演っても驚かない。うん、でも、他では演るな。俺の前では、いい」

って、そういう言い方をしてくれました。だから、ドンドンドンドン出世する人は、どこか違うンですね（爆笑・拍手）。

亡くなった柳朝《りゅうちょう》師匠が、やっぱり寄席でですが、寄席の開口一番でもって、前座の頃に『鰍沢《かじかざわ》』と言う大ネタの噺を一席演って（笑）、皆唖然としているところで、「お先に」って、帰っちゃった（笑）。もっと、凄いですけどね。

まぁ、そんなことを今の前座の落語を聴きながら、思い出しました。

まぁ、立川流ってのは、正月二日に……、普通の落語家は元旦に集まりますが、二日は

談志の誕生日なんで、一門が勢揃いをする。根津権現に、全員が紋付袴で、四十人ぐらいが「うぁーっ」と行く訳です。全員が紋付袴で、根津権現にお参りをする。それも、お正月ですから、他の皆は列に並んで順番を待っているところに、割り込みをしますからね（笑）。裏口から入って行って、割り込んで行く。四十人の紋付袴の人が割り込んでいくと、皆は、どいてくれます。参拝客は、ヤクザが来たと思うンですね（笑）。

「ヤバイ、ヤクザだ。どこかの組だぁ」

って、顔見ると皆、ヘラヘラと笑ってる（笑）。これで、芸人だってことが直ぐにバレる。

それから、上野の東天紅という場所で全員集まって、お祝いをする。ウチの師匠の新年の挨拶は、毎年決まってますね。不機嫌な顔で、正月早々、ロートーンで入ってくる。

「（談志の口調）ぅぅぅ……、今年は死ぬ年です」

毎年、言ってます（笑）。十年ぐらい、言ってますよ。絶対に死なないです、これは。

「（談志の口調）順番から言うと、死ぬ年です。こ、今年で、もうお終い」

って、話をして、それで皆、「わぁーっ」と盛り上がって、ミッキー・カーチスさんも談志の弟子でございますから、今回は自分のバンドを連れてきて、世界的に有名なジミーさんってドラマーを連れて来て、もの凄く盛り上がった。ウチの師匠は、もう、泣いてましたね。泣いて、ミッキー・カーチスを抱きしめて、「(談志の口調) ぅぅぅ……、ミッキーのおかげで、今年一年、生きて行く勇気が沸いた」(笑)

なんてことを言って、それで祝儀も割り箸に十万円ぐらい付けて、そのドラマーの人にあげてましたよ。もの凄い盛り上がり方をした。で、二次会でもって、そのドラマーの人が、調子こいちゃって、『マイウエイ』を歌っちゃったから、……師匠の好きな三橋美智也かなんか、この黒人のドラマーが歌えば盛り上がったンですが、『マイウエイ』ですから、中小企業の部長じゃないンだから(笑)。途端に師匠は機嫌が悪くなって、ロートーンで入ってきて、

「(談志の口調) ぅぅぅ……、さっきの金返せぇ!」

って言ったって、言葉が通じない訳です(笑)。そんな盛り上がりがございました。まぁまぁ、ウチの師匠というのは、面白い人でございます。年末に向田邦子の『あ・うん』を演って、ウチの師匠が凄く喜んでくれてね。……ウチの師匠は、そういう人じゃないンですよ。そういう人じゃないって、変な言い方だけど、他人のものを観に行って、最後まで居るというのは奇跡ですからね。映画の試写なんかでも、大抵、10分が限度ですね。先ず、試写会場に入ると、ウチの師匠は夏みかんを食べますから(笑)、だから柑橘

系の匂いがしたときには、「ああ、談志が居る」と思って間違いない（爆笑）。まず、匂いから行きますからね。夏みかんをクチャクチャクチャクチャクチャ食べている。はじまって10分ぐらいで、耐えられなくなると、

「（談志の口調）もう、ダメダメ、時間の無駄」

って言いながら、映画館のスクリーンの前のところを走って行く訳ですよ。

「ああ、談志だ」

「あっ、師匠、行っちゃう」

すると、後ろから前座が鞄を持ってトコトコトコトコって着いて行く。それで、受付でもって、

「（談志の口調）こんなのは、ダメ！」

って、怒鳴って帰っていく（笑）。関係者が居ようが何だろうが、ダメ。

「（談志の口調）つまらねえ！」

って、平気で言うンです（笑）。映画演ってる最中に、「つまらねえ」って怒って出て行く。自分が落語会を演ってる最中に、客が「つまらない」って言うと怒って帰っちゃいましたけどね（爆笑）。え〜、そういう師匠でございます。

ウチの師匠は、わたしのことは何か、同じ血が通っていて、感覚が似てるなんてことを言うンですよ。この新年会のときも、ウチのかみさんをはじめて連れて行ったら、ずっと

かみさんに語り込んで、

「（談志の口調）志らくはね、ぉぉぉ俺と似てるンです。同じ感覚なんです。さっきのね、ジミーのドラムも、凄く感激した。志らくも感激した。今、『マイウエイ』を歌ってる。むかつくンです。腹が立つンです。志らくも同じ気持ち」（笑）

いや、わたしは全然違う（爆笑）。何故か同じ気持ちで、同じ感覚だと言ってくれるンですよ。

大抵途中で出て行っちゃうのに、わたしの芝居は、最後まで、それも三回カーテンコールがあるのを全部観てくれた。でも、まぁ、芝居というのは入り込みますね。もう、その役に成りきっちゃう。それは未だわたしが、アマチュアの役者だからなんでしょうけど、本当にいい役者は、上手く切り替えることが出来るンでしょうけどね。切り替えられないですね。

「普段落語を演っているのと、志らくさん、同じでしょう？」

って言うけど、全然違うンです。落語の場合は、成りきってませんから。もの凄く客観的に見てますからね。もう、そろそろ終るかなとか、今日終ったら何を食おうかなとか、ああ、今ぁ、客がしらけてるなとか（笑）、いろいろ思いながら演ってます。これ、成りきったら出来ませんからね。あの、ご隠居さんに成りきって、「わたしは今年で六十五

歳」って成りきって、

「いやいや、八っつぁん、こっちへお上がり」

「なんですか？」

って、もうもう、切り替えなくちゃいけない（笑）。すると、八っつぁんに成りきると いうと、頭がおかしくなっちゃいますから、もの凄く冷静な目で見ているのが、落語で す。だから、役者が落語を演ると出来なくなっちゃう。それは、感情移入をしようとする から無理がある。

役者はやっぱり、わたしは『あ・うん』を演ったときには、二枚目の役でございますか ら、それも映画では高倉健、ドラマでは杉浦直樹が演った……。まぁ、高倉健の奴は、酷 いもんですけど。あの『あ・うん』は、お寿司で言えば、テレビドラマの『あ・うん』が 北海道かなんかの本当に小さい店だけど、美味しいお寿司が食べられる。で、高倉健の は、全国チェーンのかっぱ寿司みたいなものですから（笑）、派手だけどたいして面白く ない、美味しくない。

で、ずっと二枚目了見で、妾が居て、キレイな奥さんが居て、という、それをずっと二 月ぐらい稽古で演ってると、染み込んじゃうンですね、身体に。だから、未だ抜けてない ですよ、わたしは自分で。朝、鏡を見ると流し目になっちゃったりします（笑）。早く抜けないと落語が出来ないンでございます。

まぁ、ドンドンドンドンドン入り込む。一つの妄想癖みたいな。わたしには、それがありますからね。頭の中で、ああだ、こうだ、ドンドンドンドンドン妄想が広がって行ってしまう。

これから、申し上げます『湯屋番』てぇ噺は、そういう妄想癖がある若旦那のお噺でございます……。

骨壺とライ坊

二〇〇七年四月十九日　『志らくのピン　シネマ落語編』　新文芸座
『不動坊』のまくら

え〜、今、上がりましたらく次《じ》と、それから志《し》らべと、らくB《びー》、……まぁ、らくBてぇのは快楽亭ブラックさんからの捨て子でございます（笑）。この三人が、一応、二つ目の昇進試験を受けて、二つ目になることが内定という形で、まぁ、最近、いろんなところで、皆さんに報告をしております。

他の落語流派においては、年月で、普通は年月で、大体、馬鹿でも誰でも（二つ目に）成れるンですよ、五年ぐらい辛抱すると。でも、立川流は明確な基準があって、落語を五十席、そして歌舞音曲。ですから、ちょいと踊りが踊れて、小唄、端唄が唄えて、あと太鼓が叩けて、そしてあと講談、……講談の修羅場が出来ないといけない。

その様子がＮＨＫのＢＳなんかでも、ウチの師匠のドキュメンタリーで放映されましたけど、厳しい。そりゃぁ、あの、カメラが入ると立川談志はより厳しくなるンでございます（笑）。

普段は、そんなに怒らないですよ。わたしが前座のときも、今の文都さんって人が、未だ立川関西と名乗っていた時ですけども、もう何かしくじったら、カメラが回っているから、普段は絶対にそんなことをしないのに、茶碗を放ったりして（笑）。で、文都さんの横の壁にカァーンとぶつかって、「うおー」なんて驚いて、で、テレビの放映を観たら、「脅える前座さん」ってテロップが出ちゃった（笑）。そのときもBSで御覧になった方はいるでしょうけどね。

弟子のらく朝《ちょう》ってのが、講談を演ったンですよ、家元の前で。そしたら、

「（談志の口調）まあまあ、そこはいいから。お終いのほうを演ってみろ」

「はっ、お終いのほうは、……ちょっと、お憶えていないンです」

って言ったら、師匠が怒って、

「（談志の口調）ううう、何で、全部憶えてない。そ、それで俺を騙せると思ったのか？何で、志らくが『おまえがいい』って、ここに寄こしたのが、分からない。志らくは騙せても、俺は騙せねえ」

って（笑）。そういうのがあったンです。

今回も、きっとより厳しいだろうと思ったンですが、カメラが入らずに、野末陳平《のずえちんぺい》先

生って、あのちょっとガンジーみたいな感じの、こういうが人いますよね（笑）？　こういう人って失礼ですけど、大変な立派な先生でございます（笑）。それから、あと、辛口の吉川潮《うしお》先生。その二人が審査員という形で、上野の梅川亭という鰻屋さん、伊豆栄《いずえい》の分店でございますが、そこでやったンです。で、ウチの弟子の内、その三人を受けさせた。ま、微妙なとこだったンですけどね。そしたら、電話がかかって来て、九人受けて七人が受かった、と。それで、「家元の様子はどうだった？」って訊くと、お終いのほうはベロベロに酔っ払って、何だか訳が分かんなくなって、もう、「何でもいい」みたいな感じになって、野末先生も吉川先生もオーケーだから、内定という形で皆に報告していたンでございます。で、わたくしも自分の弟子が二つ目に成ったンで、「ああ、よかったな」と思って、師匠のところに出かけてって挨拶をして、

「ありがとうございました」

「おう」

なんて、そういうのがあって、……そしたら、昨日ですよ。

留守番電話が入っていて、家の。ウチの師匠なんですね。ウチの師匠の留守番電話は、凄く短い。日本全国どこにいも、十円でかけられるように、電話（笑）。携帯持ってませんから、公衆電話で、どんなときでも十円ですよ。

「ぁぁ、俺だ。何時何分で帰る」

カシャンと切る。以前、ある辞めちゃった弟子がね、留守番電話を面白おかしく、芸人はやる場合があるじゃないですか？

「え～、立川志らくでございます。皆さん、どういたしておりますか？　どうのこうの……」

って、ギャグを言ったりね。そいつが、気取って、

「え～、立川何某《なにがし》でございます。お昼のこの時間を、この音楽を一緒に聴きながら、わたくしとティータイムなど……」

って、いろんなことを言って、師匠が、「う～ん」って、どんどん十円が落ちる訳で(笑)。そいつが、ウチへ帰ってきてから留守番電話を再生してみたら、ウチの師匠の一言、

「ケッ！」

「ケッ！」だけは嫌ですよ（爆笑）。留守電に、「ケッ！」は。もの凄く驚いたそうです(笑)。

昨日も、ウチの師匠の声が留守番電話に入っていて、

「(談志の口調) ぅぅぅんとね、ぅぅぅ志らくの電話か？　うん、もし、志らくじゃなかったら、お詫び申し上げます」

って、馬鹿丁寧にお詫び申し上げますって（笑）。で、

「（談志の口調）志らくだったら、電話くれ」

それで切っているんで。もし、本当に間違っていたならば、わたしは知りようが無いンですよ。でも、間違っていないから、直ぐに師匠のところに電話したら、

「（談志の口調）この間のね、二つ目だけどね。俺の弟子の平林《ひらりん》って奴にね、この間合格したンだけどね、『唄を、唄ってみろ』って唄わしたら、唄えねえンだな、あいつはな、うん。多分、この間受けた奴、全員唄えないと思う、うん。……無しにしよう」

「『無しにしよう』って、えええ！」（爆笑）

もう、弟子とか親とかに言っちゃってンですよ。親なんか、泣いちゃったりして、もう。「ああ、良かったね」なんて（笑）。

「いや、師匠、酷い奴も居るけど、わたしの弟子は、そこそこ、まともなんで……」

「（談志の口調）うーん、どうすりゃいいンだ？　唄が唄えないってのは、放っといていいのか？」

って言うから、

「あの師匠、『ダメって言う』のは無しにして、もう一度、じゃあ、唄が下手でも、好きならばわたしは良いと思いますよ。師匠も仰っていたけれども、古典芸能が好きだという

のが分かれば、上手い下手は落語にだってあるンだから、唄に関してだって、何に関してだって、いいじゃないですか」

と、話してね。

「(談志の口調) じゃあ、好きってのは、どういうことか?」

「そりゃぁ、まぁ、小唄の五百も唄えて、師匠の好きな懐メロが千曲も歌えれば……」

「(談志の口調) うん、そうだよな。好きならば、当然、そうなる」

「『映画が好き』って言って、十本しか観ていない奴はいない」

「(談志の口調) そりゃ、そうだ」

「好きならば、千本、二千本は観てます」

「(談志の口調) じゃぁじゃぁ、試験をし直そう。じゃあ、条件はね、えーと、小唄を五百、懐メロを千曲」

凄くハードルが上がっちゃった (爆笑)、わたしの一言で。

「(談志の口調) 志らく、おまえも一緒に来てくれ」

って、わたし一緒に師匠と審査員という形で再試験という形になってしまったンで、お客さんの中で弟子が三人二つ目に昇進して、「ああ、良かったね」と中にはご祝儀をくれた人もいますけれども、取り消しになる可能性があります (笑)。連中は、これからあと一ヶ月の間に懐メロを千曲、小唄を五百、憶えないといけないのでございます（笑）。それが嫌だったならば、本当に僅か二、三曲しか唄えなくても、抜群に、美空ひばりぐらい上手く唄えれば、これは文句が無ぃのでございます。だから、歌謡スクールに通って一所懸命に演るか、もう、ずぅーっと憶えるか、二つに一つの訳でございますね（笑）。一応、報告はさせて頂きます。

これはまぁ、他でも言いましたけど、ウチの師匠はわたしに対して、そうやって相談して来るぐらい信頼してもらっているンですよ。そのわたしをついこの間、ウチの師匠、「破門にする」って言ったンですよ。わたしは、何にも悪いことはして無ぃンです。これは、兄弟子の立川談春が悪いンです（笑）。

あの人はね、本当に嘘つきです。騙されちゃいけませんからね。あの、今、『エンタクシー』って雑誌のコラム書いてるでしょ？　ウチの師匠も言ってました、「（談志の口調）ぅぅぅ、談春（あいつ）は何か、下手な俺みたいだね」（笑）

要は、嘘なんです。特にわたしのことに関しては、九割八分嘘だと思ってください。真実は、立川志らくという名前だけが本当ぐらいのものです（爆笑）。あとは全部嘘ですよ。ないことないこと。また、わたしのネタをそのまんま書きますから。

あの「骨壺事件」なんかも、談春兄さんがそこに居たように書いてるけど、居ないンで

す。これはどういうことかと言うと、前座のときに怪しげな女が、夜にウチの師匠のところにやって来て、

「談志師匠、百万円さしあげますから、『鼠穴《ねずみあな》』を一席演って下さい」

と、ウチの師匠は喜んで、

「いい了見だ」

って、ここまでは本当なんです。で、百万円を用意して目の前に置いたら、なんか箱を持ってる。で、ウチの師匠が、

「(談志の口調)ぁぁぁ、それ何、何それ、お菓子?」

って言ったと、それは嘘なんです。実際は言ってないンです。でも、言ったほうが面白いじゃないですか?

「(談志の口調)そ、それ、お菓子?」

「いや、実は、これは骨壺なんです」

実は、お母さんがこの間死んで、母親は談志師匠の『鼠穴』が好きだから、聴かせたい。これは本当だけども、「それ、お菓子?」ってのは嘘なんです。それを談春兄さんが書いた訳です。で、師匠が、

「(談志の口調)そりゃぁ、ちょっと困るな。骨壺に向かって、落語を演ったことがねえ」

って、そりゃそうですけど（笑）、それで帰しちゃったンです。そのあと、警察署から「こんな女の人を保護してますけど、談志師匠知りませんか？」

「ああ、さっき来ました」

で、どうして立川談志と分かったかと言うと、骨壺に「立川談志」とサインが入っていたと（笑）、これがオチなんです。で、ここは嘘ですよ。だって、警察署から連絡があったのは本当だけど、サインがしてあったって、幾ら何でも骨壺にサインをする訳が無い。そうしたほうが面白いから、わたしがそういうふうに言って、当時、今から二十年以上前ですね。方々で話をして爆笑をとっていたンですよ。

それを『エンタクシー』に書いてですよ、談春兄さんが。そこに居なかったのに。自分がまさに居たみたいに、「サインをしてあった」なんて書いてねえ。そういう嘘つきなんです、あの人は。ピノキオだったら、今頃、鼻はハワイぐらいまで行ってるほど伸びてますよ（笑）。

で、なんで破門にされそうになったかと言うと、そのコラムの中で、ライオンの縫いぐるみで「ライ坊」ってのが、ウチの師匠が凄く可愛がっているンですよ、ドイツで買ってきた縫いぐるみで。で、わたしが前座で入門したときに、

「師匠、これ何ですか？」

って言ったら、

「(談志の口調) これは、あの、ライ坊ってンだ。ん、あの、可愛がっているンだ。苛めねえでくれ」

って言って (笑)、

「ああ、そうですか」

って、それだけのことなんですよ。だけど、それを方々でネタにして、

「立川談志は縫いぐるみが好きだ」

って、ラジオやなんかで喋ったりなんかして、爆笑をとってた。でも、それだけだとネタが尽きて来たンでね。こっちは、師匠に怒られたときに、ライ坊をパンチしたり蹴っ飛ばしたりして、終いには腹《はら》から綿《わた》が出ちゃって、それを隠すために腹巻をさせた。すると師匠が、

「(談志の口調) ぅぅぅ、何で、ライ坊は腹巻してんの?」

「あ、あの、お風邪を召したみたいなんです」

「(談志の口調) ああ、そう、親切だね。ありがとう」

って (笑)、これはネタです。ハッキリ言って、そんなことは一度も無い。それをねえ、『エンタクシー』にあの人は、書いてるンですよ (笑)。それを師匠が見て怒って、

「俺の大事なライ坊になんてことをするンだ（笑）。志らくはクビだ」

って、冗談じゃない（笑）。

「師匠、それは談春兄さんが、わたしのネタを書いただけですから」

「（談志の口調）ああ、おめえは馬鹿じゃないから、そんなことはする訳が無い」

で、何とか破門を逃れましたけどね。でも、考えてみれば七十を過ぎたお爺さんが、縫いぐるみのことで怒り狂うってのも変な話でございます（笑）。

え〜、二つ報告をさせていただいたところで、古典落語のほうへ入りたい思っている訳でございますが……。

若き日の談志、十八番

二〇〇七年十一月二十日　『志らくのピン』　内幸町ホール
『源平盛衰記』のまくら

え〜、少しづつ元気を取り戻して『源平盛衰記《げんぺいせいすいき》』という……ね。

これは、落語ファンの方や、談志信者の方は、お分かりでしょうけど、立川談志が若い頃に、「まるでドラムの様だ」と評価を得た若き日の十八番でございます。どういう訳か、談志一門は誰も演《や》らないですね、この『源平盛衰記』、誰も演らないところに、わたしが今から、真打に成った年ですから、今から十年以上前ですね。平成七年、真打昇進のトライアルってぇ、今、皆、演ってますけど、元々はわたしがやったンでね。

そのトライアルの際に、談志の十八番の『源平盛衰記』ってのを演って、それから談志がどういう訳だか『庖丁』って噺、若い頃演ろうとして出来ずに、独演会でネタ出しまでしたのに、「(談志の口調)今日は出来ねえンだよ、『庖丁』」って言って、「本物を聴かせてやるよ」って、そこに圓生《えんしょう》師匠が登場して、「ウフフ、談志さんに頼まれまして……」って（笑）、録音にも残ってますけど、『庖丁』を演ったと言う伝説があります。

その話をわたしが二席演ったのでございます。山藤（章二）先生には、「いい度胸だな」って言われてね。で、そのあとも結構得意にして演ってる時期があって、それで、『談志ひとり会』って、今の、今日の、わたしの会なんかもそうですけど、開口一番に誰が上がったって、『談志ひとり会』なんだから、ウケやしないンですよ。そこで、わたしが『源平盛衰記』を演って、談志信者は皆びっくりしたンです。

「志らくの奴、『源平』演るンだ？」

それで、一席演ったあとに、ウチの師匠が出て行って、

「（談志の口調）ぅぅぅ、あいつ、『源平』演った。うん、俺のほうが面白いけどね」

って、そりゃそうなんですけどね（笑）。でも、それは一つのウチの師匠の認めてくれる言葉なのです。本当にしくじったらねえ、「引きづり降ろせぇ」ってンで、降ろされちゃいますからね。

ウチの師匠は、平気で「降りろ」ってのをやりますからね。喬太郎なんて人気があるじゃないですか？　にっかん飛切落語会で、あいつの十八番の『横浜何とか純情編』とかいう奴を演って、お客さんはドンドン、ウケてるンですよ。だけど、ウチの師匠の落語の美学は、その新作が許せなかったンですね。で。途中で太鼓をドーンと叩いて、

「（談志の口調）降りろ！　この野郎！」

って、引きずり降ろしちゃった（笑）。そりゃぁ、喬太郎ファンは、

「談志さん、酷い！」

って、そりゃそうですよ（笑）。でも、ウチの師匠の美学からすると許せなかったみたいです。

え〜、『源平盛衰記』、でも、今、歴史の話と言ってもなかなかね。一時、そりゃぁ、昭和三十年代、四十年代ぐらいは、ある程度、皆知ってる話でございますけどね。今、平清盛《たいらのきよもり》って言ったって何だか分からないような部分もあります。

「祇園精舎《ぎおんしょうじゃ》の鐘の音、諸行無常《しょぎょうむじょう》の響きあり、沙羅双樹《さらそうじゅ》の花の色、盛者必衰《しょうじゃひっすい》の理《ことわり》を顕《あらわ》す。驕《おご》れる者久しからず。ただ春の夜の夢のごとし。猛き人も遂には滅びぬ。偏《ひとえ》に風の前の塵に同じ」

という、平家物語開巻第一の名文句でございます。

平清盛の銅像を初めて見た人が、左朴全《ひだりぼくぜん》の銅像と間違えたって話があるぐらいで（笑）、平清盛を、平《ひら》清盛と読んだ人も居ますけど、平幹二郎《ひらみきじろう》じゃないンですからね（笑）。『ゴッド・ファーザー』を作った監督は？　って訊かれて、フランシスコ・ザビエルって、それじゃキリスト教を広めに来た人です（爆笑）。

一番笑ったのは、

「犬養毅《いぬかいつよし》って知ってる?」

「ああ、あのクレイジーキャッツのメンバーでしょ?」

そりゃぁ、犬塚弘《いぬづかひろし》(爆笑)。

「清水の次郎長、知ってる?」

って言ったら、

「清水の次郎長……、何か名前は聞いたことがあるンだけど、顔は思い浮かばない」

って、そりゃそうでしょう(爆笑)。顔は思い浮かびませんよね……。

立川談志は、昔の日本人

二〇〇七年十一月二十日 『志らくのピン』 内幸町ホール
『明烏』のまくら

え〜、もう一席普通の落語をこれから申し上げます（笑）。

小言てぇのは、もう今の日本人は大分言わなくなっちゃって、わたしの師匠・立川談志ってのは、昔の日本人でございますから、未だに小言を言う。それが、小言だか何だか分かんないこともあって、いろんなエピソードを普通に語ったならば、三時間ぐらい語れる程（笑）、……いろんなエピソードがあります。

ついこの間、ウチの師匠が言ってたのが、横須賀かどっかで落語会を演《や》って、それで千社札ってあるじゃないですか？　立川談志って名前が入っているシールみたいなもので、神社とかいろんなところに貼る奴。で、それをお客さんに売ろうと、何セットかあって、ひとつ七百円ぐらいでね。全部売ったとしても、七千円か八千円の上がりなんです。それを師匠は、お客様へのサービスだと言うんで、売ろうとしたら、会場の人がお役所の人なんで、「売っちゃ困ります」と。

「売りたかったら、前もって書類を出して下さい」

　すると、ウチの師匠が、

「（談志の口調）売るたって、別に、魚売るとか、肉ぅ売る訳じゃないから、来てくれたお客さんにサービスなんだよ。俺は、七千円とか八千円とか欲しい訳じゃねえ。金は幾らでもあるンだから。でも、タダやるってぇと、そんなに枚数が無い、全員にやれないンだ。だから、一応値をつけて、いいじゃないか、そのぐらい」

「いやいや、ダメです」

「（談志の口調）何で、ダメ？」

「そういう決まりですから。……じゃあ、どうしても売りたかったら、売上の二割五分を払って下さい」

「（談志の口調）この野郎！　二割五部払えだぁ？　よし！　じゃぁ、俺のギャラも二割五部足せ！」

　って、訳の分かんない（笑）。凄いなぁと思ってね。で、

「（談志の口調）まごまごしてると、俺は帰っちゃうよ。帰っちゃったという、実績もある」

って、変なことを自慢してました（爆笑・拍手）。確かに帰っちゃうことは、よくありましたからね。

志らく視線の『赤めだか』

二〇〇八年五月十三日　『志らくのピン』　内幸町ホール
『天災』のまくら

（前座の志ら乃《しの》の『蜘蛛駕篭』を受けて）

え〜、真打になりたいそうでございます（笑）。まあ、どうなんですかねえ……。わたしが平成七年に真打に昇進して、……真打になるときに、まあ、あんまりよく憶えておりませんが、勢いというものがクァッーと、こう、あって、そのときは、わたくしはもの凄く光り輝いていたンですよ。だから、師匠の会に出て、ダァーンとひっくり返すほど受けさせる力があると思ってました。

だって、私の客は、そんなに難しいお客さんじゃありませんもんね（笑）。え〜、『談志ひとり会』ですよ、わたしの場合なんか。師匠談志の客なんてぇと、もう、談志信者の集まりですから、談志以外は認めない。誰が出てきたって、「もう、絶対に聴くもんか」ってぇいう、まず、耳を塞ぎますからね（笑）。ええ、もう、露骨に一番前でパンフレット読んでる人がいますからね、そういう会だったですよ。だから、誰が出てもウケない。だけどもわたしは、真打になる前なんか、師匠の『ひとり会』に出て、師匠よかウケちゃったりしたことが、ありますからね。そりゃあ、師匠の悪口とか、「談志はロリコンです」とか(笑)、そんなことを言ったりするのが卑怯なんでございますが。でも、落語でも師匠の会でウケていたンで、やっぱりそういう力は必要かなと、まだまだ時間はあるから、期待はしておりますけど……。

え〜、兄弟子の談春兄さんが『赤めだか』という本を出して、『王様のブランチ』なんかでもねえ、わたしの写真を出しちゃったりして、で、方々で評判になって、で、わたしも、あの本の悪口を方々で言ってますけど(笑)、皆さんかなり聴いてるでしょう。今日は最期、言い納めでございますから(笑)、もう、二度と言いません。初めて聴く方に話しますけど、談春兄さんの前座の頃の青春物語と……、そうすると当然、ほぼ同期、まあ、向こうのほうが一年半先輩でございますが、志らくというのが、こう、登場して来る。で、二人の物語みたいな部分が、勿論、ここに談志というのが居りますけど、談志を巡っての三角関係みたいな、そういうエッセイなんでございますが、まぁ、わたしのことに関しては、「八割嘘だ」ということを方々で言ってます(笑)。

え〜、凄くわたしがねえ、嫌な奴になるンですよ(笑)。こりゃでもね、しょうがないですね、書き手がわたしじゃないから。そりゃ、書いている人が読む人に、ドンドンドンドン気持ちを入れてきますよ。で、談春兄さんってのは、落語界に別に何の伝も無く、たった一人。お父さんもお母さんも、別にこの世界の人間ではない。で、家が貧しい。談春兄さんの家庭の写真を見て高田文夫先生が、「まるで『泥の河』の一家のようだ」(爆笑)。

そういう家庭なんですよねえ。それで、高校中退でもって、談志のところに行った。それで、「坊や」、「坊や」と、まだ十七歳だった頃ですから、談志に可愛がられた。そこへ、高田文夫先生の紹介、折り紙つきで(笑)、日本大学芸術学部は中退ではございますけど、ボォーンと入ってきたのが、わたくし、立川志らくでございます。で、途端に談志にもの凄く可愛がられて、この愛を全部奪ってしまうンです(爆笑)。で、落語の憶えも、わたしのほうがずっと良いんで、ドンドンドンドン出世して、談志の周りに居るいろんなお客さんも、

「志らくさんは、良いねえ」

って、そう書けば、読み手は絶対に、

「何だよ、この志らくって奴はぁ、談春、頑張れ！　談春、頑張れ！」(笑)

って、その昔の『スチュワーデス物語』じゃないけれども、「ドジで間抜けな亀」をみんなで応援したくなる(笑)。ちょっと、上から見る奴が、「何だよ、この野郎」ってな

るわけですよ。こりゃあ、あの『アリとキリギリス』だってそうだし、『ウサギとカメ』だってそうだし、そりゃもう、カメの立場で見れば、ウサギは嫌な奴だけど、これ視点を変えてウサギの立場から見れば、こんなカメなんか間抜けな奴ですよ、そりゃあ(笑)。あんなカメが来る訳がねえやって、ウサギはのんびり昼寝しちゃう、ただそれだけのことで、視点を変えると随分違っちゃうンですね。

あの『忠臣蔵』だって、そうじゃないですか？　『忠臣蔵』ってのは、日本人がもっとも大好きなヒーローものですよ。四十七士てぇのは英雄。だけども、これ、吉良側の立場から見たならば、全然違いますよ。そりゃあ、時代劇だって、みんなそうじゃないですか？　桃太郎侍がこうやって出て来て、スパァッと片っ端から斬りますよね？「うわぁー！」っと拍手するけど、斬られていく、まあ、張本人の親分は悪い奴だけども、斬られていく過程にいる家来たちは、別に悪くないンです。この斬られた人にだって、家族はいるし、人生があって、恋人が居たり、いろんなことがあるわけですよ(笑)。それが、プシャァーって、「うわぁー！」って死んで、みんな「うわぁー！」なんて喜んでいるけれど、こっちの立場になりゃあ、桃太郎侍は、ただ気の狂った殺人鬼でございますから(笑)。

『忠臣蔵』だって吉良の立場から見れば、浅野内匠頭ってのは、田舎者ですよ、こりゃあ、赤穂のね。いくら、自分が指南役で教えても、覚えが悪い。

「こうやるんだぁ！」

って言ったら、

「なんだっぺぇ？」(笑)

って言ったりして、「本当にイライラするね、こいつはぁー！」と思って、それで天皇家の使いが来る、大変なパーティーの日ですよ。廊下ですれ違ったときに、「ちゃんとしっかりやるんだよ」って眼で合図をしたンだよ。そうしたら、この浅野内匠頭が、

「なんのこってすかぁ？」(笑)

って、勘が鈍いからわからない。思わず、

「この田舎侍めぇ！」

って言ったら、

「何だぁ、この野郎！」

ピシャって、刀を抜いてきたンですよ。まだ、言葉で言うのも未だしも、勘の鈍い田舎者だから、もう、殿中で刀抜いて、

「殿中でござる！　殿中でござる！」

で、当然、将軍家のほうは、

「吉良は、何にも悪くないよ。浅野内匠頭、おまえ、切腹しろぉ！」って言って、これは当然、吉良は悪くないですよね？　このドジな田舎侍に、こう言っただけですから。それで、そのことはすっかり忘れてしまったときに、まあ、その主人の家来に、浅野内匠頭の家来に、大石内蔵助というのが居て、それでもって、直ぐに「主人の敵！」って行けばいいのに。ワザと一年間、女郎買いかなんかして、自分は腑抜けのような……卑怯な奴なんですよ（笑）。相手を油断させておいて、それでもって昼間正々堂々行けばいいのに、家来四十七人連れて、夜中、雪の降る晩ですよ（笑）。で、主人はすやすや寝てる。そこへ、引きずり出して、「うわぁー！」って殺《や》る。こりゃあ、もう、テロですからね、こんなものは（笑）。吉良としてはたまったものじゃない。

で、更に卑怯なのは、終わった後、「泉岳寺でもって四十七人全員切腹して、凄い」なんてことを言われていますが、世論が味方に付いたがために、連中は一ヶ月間ぼんやりしてた。

「もしかしたら、俺達はスターだから許されるかもしれない」

一ヶ月経ってから、上の方から「お前たち、切腹しろ」と、嫌々切腹したと。こうやって見れば、吉良だって決して悪くないわけでございます（笑）。

ということは、わたしは吉良なのか？　ということになるわけですけど（爆笑・拍手）。

　でも、談春兄さんの『赤めだか』の中では、そういうふうに捉われてしまうンですね。高田文夫先生に、

「おまえは面白いから、落語家になれ。それで、誰の弟子になりたい？」

「ああ、談志師匠の弟子に……」

「ああ！　そうか、じゃあ俺が連れて行ってやるよ」

と言って、わたしは大学を中退してまで、談志のとこへ行く訳ですよ（笑）。それで、

「（談志の口調）おまえは高田文夫が面白いと言ったんだから、きっと才能があるに違いない。それで、落語を憶えろ」

　って、直ぐに憶えて、

「（談志の口調）う〜ん、それで良いんだ」

　って、こうなる訳です（笑）。

「（談志の口調）今の弟子達はな、俺が『落語憶えろ』って言っても、あいつら憶えないンだ。今の前座は、皆バカばっかしで。それで、一ヶ月に二席憶えたら、一年で二十四席憶えられる。で、立川流は五十席憶えたら二つ目になれるンだから、二年経ちゃあ四十八席、盆と正月いれりゃあ五十席憶えられる。それを、今の前座は、皆やらねえンだ」

　と、こういうふうに、わたしに言う訳ですよ。で、わたしは頑張って一ヶ月に四席ずつ

憶えましたよ、落語。それでもって他の弟子達前座は、どうなったかというと、

「（談志の口調）もう、俺の周りにいると、イライラするから、おめえたち、築地に行って人間修行をし直して来い」（笑）

って、ダァーンと皆、築地の魚河岸に入れられちゃったンですよ。それで、皆、庖丁屋さんやったり、シュウマイ担いだり（笑）、魚屋になって、で、たまに暇があると師匠のとこへ来た。わたしは、そこで一人ぼっちですよ。兄弟子が居ない訳ですから。それで、師匠に全部教わって、

「洗濯しろ」

って言われて、わたし洗濯なんかやったことねえから、

「師匠、あの洗濯機はどこを押して……」

「バカヤロウ、この野郎！」

って言われたり、それで「掃除機かけろ」って言われても、掃除機のやり方わかんねえから、ドタドタドタドタやったら、

「バカヤロウ！　寝られねえじゃないか！　この野郎！」

って、毎日談志に怒られながら、え〜、あの、

「パンツをたため」

って言われて、

「あの、あのパンツ、たたんだことが無い」

「丸めておきゃいい！」

「ああ、そうですか」

って、こうやって〝おにぎり〟みたいにして（笑）、

「バカヤロウ！　本当に丸めるなぁ！」

こんな大変なことを、兄弟子が全部教えてくれることを、談志に教わってやってた訳ですよ（笑）。

で、談志はずっと言ってましたよね。

「あのな、築地に行った弟子達はな、自分たちの都合の良いときだけ、俺のところに来るンだよ。本来築地に行ったたって、毎日俺のところに来なくちゃいけないのに、あいつら、築地のほうが快適なんだ。ということは、あいつらはベトナムに置いとくとね、一年も経ちゃ、皆ベトコンになっちゃう」

そういうふうに言ってたから（笑）。あたしゃ、ベトコンになりたくないから、とにかく「築地に行くような馬鹿になるなぁー」って言われたから、一所懸命、一所懸命頑張っていた訳ですよ（笑）、毎日、師匠に怒鳴りつけられながら（笑）。

だけど、わたしも結構そそっかしいところ、ドジなところがありますから、半年ぐらい経って談志が、

「え〜、ちょっと来い。志らく、こっちへ来い」

「ああ、何ですか？」

「おまえもダメだ。いやいや、おまえも人間修行したほうがいい。依怙贔屓《えこひいき》する訳にはいかないから、おめえ、明日から築地に行け」（笑）

これは、わたしは嫌ですよ。「ベトコンになっちゃうンだ」ってのがあるから（笑）、

「あの、師匠、それは勘弁して下さい。わたし築地に行くのは嫌です」

そしたら、

「嫌ってわけには……、そりゃダメだ。うん、うん、じゃあ、破門だ！」

破門も嫌ですから、

「い、いやぁ、師匠。破門も嫌です」

って、言ったら、

「……う〜ん、両方嫌なら、まぁまぁしょうがねえ。ウチに居なさい」

って、ここで居られたンです（爆笑・拍手）。そしたら、皆が「ずるい、ずるい」と言うんだけども、談春兄さんの『赤めだか』を読むと、ただ、わたしは築地に行くのを嫌

がった――師匠の命令を拒否した我侭な奴って雰囲気で書いてある。でも、わたしは芸人としては真っ当ですよね。だって、師匠にそうやって、「バカになっちゃいけねえ」と言われるから、破門も嫌だから、ただ師匠の足にしがみ付いただけなんです。だから凄くやる気のある〝良い青年〟なんでございます（笑）。なのに、何か築地を敵に廻した悪い奴みたいに書かれちゃったりして（笑）。

え〜、あと『赤めだか』に書いてある真打昇進も、わたしが弟子なのに抜いてしまうンですよね。それで、談春兄さんに、

「おれ、先に真打になるから。兄さん待っていると、いつ真打になれるか、わからないからね」

なんていうふうに書いてあるンです（笑）。凄く嫌な奴じゃないですか（爆笑・拍手）。全然違うンですよ、これ。

わたしは、当時師匠がフジテレビでやっていた『落語のピン』という落語番組に出て、わたしと昇太兄さんがそこでもの凄く人気が出るンですよ。で、談春兄さんはそのときに、「俺は落語の番組なんか、出たかない」からって、西城秀樹の主催するミュージカルに出てるンです、あの人は（笑）。今のわたしと全く逆ですけど。で、わたしと昇太兄さんが人気が出て、談春兄さんはあんまり人気が出なかった。で、当時、立川ボーイズって

コントも演ってましたから、で、コントのライブとかの前になると、わたしが全部台本を書く。で、稽古しようとしても、あの人は、ナマケモノで自分で天才と思っているから、何にもやらなくて出来ると思って、それで稽古やっても、もう、五分ぐらい経つと、「もう止めようよ、志らく。面倒臭《くせ》えから。客はどうせ素人でバカでわかんねえから。ちょちょいと演《や》りゃあいいよ」（笑）

って、また『少年ジャンプ』かなんか読みはじめるンですよ。で、こっちが漫画を読み終わるのをずっと待ってて、

「じゃあ、稽古しましょう」

って、また、十分ぐらいやると、

「ちょっと、志らく、相撲をとらねえか？」

って、相撲とったンです（笑）。そんなことで、段々イライラして、で、ある時に談春兄さんに、

「もう、立川ボーイズ、よそう。もう、兄さんと一緒に演ってたらね、コントだって、浅草キッドも出てきてるし、ホンジャマカも出てきてるしね。もう、ダメだよ、これは。レポーターとして生きていこうとすると、こうなっちゃうから、おれは芸人として生きたいから、兄さんとは別れるよ」

って、言ったら、その時に、

「うん、志らく。別れたっていいや。おまえは離れたってな、いつか俺のところに帰ってくる」

って訳が分からないことを言う（笑）。鮭じゃねえンだからね、帰ってくる訳がねえ（笑）。そういうことがあるから、いつまで経っても、真打に成れないかも知れない。談春兄さんがなかなか成ろうとしないから。それで、師匠が、

「志らく、おめえいいよ。真打に成れよ、おまえ。早くなったほうがいいよ」

って、会う度に言ってくれるンですよ、あたしに。だから、談春兄さんに、一応、

「師匠もそう言うから、真打に成ろうと思っているンですけど。出来たら、兄さんが先に成ってくれれば、わたしは助かるンですけど、先に成りませんか？」

って言ったら、

「いいよ。面倒臭せえから」

って、そういうふうに言ったンですよ（笑）。それで、じゃあ、しょうがないから、わたしは真打トライアルをやって、「先に成ります」と、それで成っただけのことなのに、何だか、凄く、わたしが卑屈な、何か、凄く嫌らしい男みたいな（笑）……。

確かに言いましたよ、

「兄さんを待っていると、いつまでも成れねえ」

って、でもこれは、仲が良いからギャグで言ったンですよ。ギャグを本当のようにこうやって書いちゃって（笑）。

いつまでも、愚痴ってもしょうがないンですけど（爆笑）。だから、見方を変えると、わたしが『赤めだか』を書くと、全然違うふうになるということを、皆さん覚えといていただくと、大変にありがたい訳でございます（笑）。

え〜、今日はそんな落語を演る訳じゃございません。え〜、『天災』という若き立川談志が、十八番《おはこ》にして、今、いろんな人が演りますけど、わたしも自分では結構好きな落語でございますが。とにかく、乱暴者。乱暴者ってのは、あまり思考回路が複雑じゃない。その分だけ、洗脳されやすいってのが、もの凄くあるのかも知れませんが。まあ、ずっと談春兄さんの話ばかりをしててもしょうがないですが、あの人、本当に乱暴者ですからね（笑）、普段。

もう、凄く仲がいいンで、二人でデパートの屋上で、金魚すくいとか、昔よくやりに行ったンですよ（笑）。あの人の金魚すくいはね、凄い、もう達人なんですよ。もう、見る見る、パッパパッパッパ、凄い勢いで獲るンで。そこはいいですよ、別に、上手だから。で、一杯になるじゃないですか。で、お店の人が、

「ああ、三千五百円です」

って言うと、

「いらねえよ！」

バシャン！　って捨てるンですよ（笑）。そんなヤクザみてえなことを……。それは乱暴者でございますけどね。

電車乗ってて、お金が足りなかったンでしょうね。駅員さんが、

「ああ、お客さん、三十円足りません。三十円足りませんよ！」

って言ったら、

「欲しけりゃ、くれてやらぁ！」

って、ぶつけたんですからね、あの人（笑）。え〜、そういう人でございます（笑）。

そんなような乱暴な人ってのは、結構洗脳されやすい（笑）。

談春兄さんも、一時期落語が乱れたことがあるンですよ。本当にピシッと演ればいいのに、何かいろんなギャグとか一杯入れて、

「どうして兄さん、ギャグとか一杯入れるの？」

「いやぁ、だって、昇太兄さんとか、お前とか入れてバンバンウケてるから」

「入れなくたって、兄さん、巧いンだから」

「いや、俺だってね、あの……ウケたいもん」

とか、そういうふうに言ってた（笑）。それがどっかでもって、「おまえは（六代目）圓生の生まれ代わりだぁ！」って、洗脳されたから、ピシャーッて、こう、イキませてる（笑）。もう一つどっかで洗脳されると、また、バァーンと行っちゃうでしょうけど。まあ、それはいいんですが（笑）。要は、乱暴者は洗脳されやすいという（笑）、そういう古典落語でございますが。

一番怖い思いをした夜

二〇〇八年六月二日　『志らくのピン』　内幸町ホール
『佃祭』のまくら

今まで一番怖い思いをしたってのが、え〜、随分、もう、前でございますけど、田舎で親戚のお葬式があって、それで、お葬式に行って、それで、そこは古いお寺だったンですよね。

それで、便所、憚《はばか》りもちょっと離れたところにあって、え〜、で、薄暗いところ、便所、こう、行って、たまたま出て来たときに、お坊さんも便所に来た。わたしがすっと出てきたら、お坊さんが「ヴァァァ」って驚いてましたけど（笑）。ああ、これだけで、この坊さんはダメだなと思いました（爆笑・拍手）。

で、落語の稽古は、普段どういったときに演るかというと、我々は歩いているときだとか、電車に乗っているときだとか、ブツブツブツブツ演るってのが、一つの習慣になっている。あんまりウチでもって、大きい声を出して、こうやって上下《かみしも》切って演るなんてこたぁ、あんまりない。え〜、ましてや今からずっと昔の話ですから、大きい声を出すと隣近所に聴こえちゃうンで、ブツブツブツブツ。で、そのときも、葬式が終って、一人で、何を考えたのか、すぅーっと帰ればいいものを、「あっ、お墓を突っ切ったら、近道じゃないか」って、別に土地勘も何にも無いンですよ。知らない場所なのに、何か来た道のりで、「あっ、お墓、こう、突っ切ったら、直ぐに帰れるな」って、そんな気がして、で、こう、お墓を突っ切ろうとしたンですね。それも、夕暮れ時。で、その時にずぅーっと落語の稽古をしながら、こうやってブツブツブツ語りながら、こうやって喋って、「え〜、鞍馬から牛若丸が出でまして（笑）、その名を九郎判官」なんてことを言いながら、こうやって歩いている。

それで、ハッと気がついたら、向こうから、お墓ですよ。若い女の人が、

「アハハハハ、ハハハン、アハハハハハ」

って、笑いながらこっちへ走ってくるンですよ（笑）。「へぇぇぇ」っと思って、それがずっと止まらない。

「ハハハハハ、アハハハ、ハハハン」

笑いながらサァーっと過ぎていって、「何なんだろう」と思って、パッと、こう、周りを見たなら、辺り一面四方八方、すべて墓なの。それも、もう、地平線の向こうまで墓

で、そのちょうど真ん中に自分が居る。どこ見ても、墓で、「何？　あれっ？」。もう、落語の稽古夢中になっているから、もう、わかんなかったンですね。それで、ちょうど、もう、暗くなる。日がすぅーっと沈みかかる。カラスが、「アァアァ、アァアァ」。で、まだ女の笑い声が、「ケタケタケタケタ」って聴こえるところで、もう、どっちへいっていいのか、わかんない。「うわぁー、えれえことになったなぁ」って、もう、凄い怖いですよ。その笑う女を見て（笑）、何で笑ったのか、わからない。この先に行くと何かいるのか？でも、とにかく進まないことには、しょうがないから、一所懸命、もう、落語の稽古どころじゃない、ドンドンドンドン行って。行けども行けども、墓なんです。そのうち、辺りがかなり暗くなって、「わぁ、こりゃダメだ。もう、引き返そう」って、わぁーっと、こう走って、走って、気がついたらね。

「アッハッハ、アッハッハ、アッハッハ」

って、笑っているンですよ、わたしも（爆笑・拍手）。だから、その前の女の人も、お墓で迷子になって、それで笑って来た（笑）、そういうことなんだろうなぁ。人間てのは、恐怖に駆られると笑ってしまうっての、そのときはじめて知りました。え〜、生まれてこの方一番おっかない思いをしたのが、それでございます。

あと、子供のときに、いろんな迷信というのが、こう、出るじゃないですか？　え〜、歯が痛いときにお風呂、銭湯のしまい湯を飲むと治るなんていう、しまい湯、これは汚いすよ、もう。店を閉める間際の、ドロドロになったようなやつを、グイと飲むと治るなんていう、それを信じているような江戸っ子が、たくさん居て、わたしの父方の祖父、お爺ちゃんは、チャキチャキの江戸っ子でございますから、うー、そんなことをよく言ってましたね。

「しまい湯を飲むと、歯が痛てえのは治るンだよ」

子供のとき、一度だけ、本当に夜遅くに銭湯に行って、お爺ちゃんに多分連れられて行ったのだと思うンですけど、フッと見たら近所のお爺さんが、「歯が痛いンだよ」って、「痛くて、痛くて。でも、しまい湯を飲むと治るって言うけど、治るかね？」

って訊いたら、ウチの爺ちゃんが、

「治るよ！　そりゃぁ、飲んだらどうだい？」

「おう、じゃあ、飲もう」

なんて言って、それも黄色い風呂屋にある桶で（笑）、しまい湯をグイッと、もの凄え一杯汲んで（笑）、

「ガブガブガブガブガブガブ」（笑）

もの凄え、怖かったですね（爆笑・拍手）。未だに、銭湯なんかに行くと、その桶と汚

い湯を見ると、そのときのお爺さんのガタガタ震えながら、こうやって飲んでいる姿ってのが、頭に浮かびますけど……。

え〜、いろんな迷信があって、江戸時代に流行ったのが歯が痛くなると、橋の上でもって、戸隠様の方角に向かってアリの実を放って、こう、拝むと治る。アリの実というのは何かと言うと、これは果物の梨でございまして、梨という言い方をすると、これは縁起が悪いので、無しの逆でアリの実と、そういうふうに言ったンだそうですが。

これを懐に沢山入れて、で、ポーンと放って、で、戸隠様ってのは歯の神様でございますから、その方角に向かって一所懸命、拝んでいると、この歯の痛みがとれると言う。それが、小娘たちの間で大ブームになったことが、実際にあるンだそうでございますが……。

ロックと落語のコラボ

二〇〇九年九月十五日　『志らくのピン』　内幸町ホール
『強情灸』のまくら

立川談志が年内休養という、その衝撃的なニュースが飛び込んでまいりました。ポーンとなんかのニュースでも、出ましたね。「談志、年内休養！」と。ほとんどの人が、「とうとうXデーが来たか」と思ったら、そうではなく、年内は休むと。

で、ウチの師匠は、癌もほぼ治って、何となく体力がもう、落ちて気力が無いってぇことで、朝から睡眠薬を肴にビールを飲んで（笑）、え〜、フラフラ状態で、やっていることは酒井（法子）容疑者と同じ様なことなんですけど（笑）。

で、久々にこの間、吉祥寺の前進座と言うところで立川談志一門会があって、立川談志がトリを取るということでチケットもアッと言う間に売れたンでございますが、「年内休養で一切仕事をしない」と、ただ「前進座だけにはどんなことがあっても行く」と。その会の立川談志の代演に、わたしが指名をされました。

え～、師匠の代演ってぇのは、もの凄く嫌でございますよ。談志の代演なんか出来る落語家がいる訳が無いンで。代演というのは、その休む人と同等、あるいは上でなくちゃいけないという不文律がありますから、わたしが今まで一番嫌だった代演は、この談志の代演。それから、紀伊國屋寄席でもって、歌丸師匠の代演を演ったことがあります（笑）。

これも、嫌だったですね。紀伊國屋でもって、今年も去年もお芝居を演ったンですが、去年、紀伊國屋で芝居をする前に、記者会見、マスコミの記者会見をやったンです。その場所を紀伊國屋でやって、その日の夜に紀伊國屋寄席があったンです。わたしは普通に記者会見をやって帰ろうとしたらば、紀伊國屋の支配人が、

「志らくさん、夜、空いてるか？」

って言うから、

「空いてます」

「じゃあ、すまないけど、代演出てくれない？」

って言うから、そりゃ紀伊國屋の場所をわたしに提供してくれて、それで、記者会見までやらせてもらっているから、逆らえないじゃないですか？

「ええ、いいですよ、代演ぐらいだったら。誰の代演ですか？」

って訊《き》いたら、

「いやぁ、歌丸師匠の……」

「えっ？　歌丸師匠の代演……、で、出番は？」

「トリです」

トリは嫌ですよ、そりゃあ（笑）。客は皆、歌丸師匠を目当てに来てる。そりゃあ、和食の乙なねえ、懐石料理かなんか食おうと思っているとこへ、え〜、あのう、パキスタン料理が出てくるようなもんですから（爆笑）。もの凄くわたしは、嫌だったですね。

で、今回は談志の代演ということです。で、一切仕事をしないと言ってた談志が、何故、前進座に顔を出すかと言うと、それは、わたしの直ぐ上の文都兄さんが、出るからということで。文都兄さんは自分のホームページ上で、公開してますから、もう、語っても大丈夫なんでしょうけど、え〜、命には別状ありませんが、癌なのでございますね。それで、久々に高座に復活をするというンで、談志も、「文都に会いたい」と、そういう気持ちがあって、直接は言わないでしょうけど、それで前進座に駆けつけると言うことだったンです。

で、ずっとわたしが楽屋で待ってると、ずいぶん経ってから談志が来ました。地下の楽屋に続く僅か十五段ぐらいの階段を、五、六分かけて降りて来るンですね、皆に支えられて。それで、わたしも二ヶ月ぶりぐらいに師匠に会うンですけど、病院から特別に抜け出してきたと言うことで、もう……、ゾンビですよ（笑）。ビックリしましたね。……普段も機嫌が悪いンですよ。「お早うございます！」って挨拶したって、目も見ず、フッと、こう、やる師匠なんだけど、もう、視線も定まらず、階段から降りてきて、廊下真っ直《す》ぐ、

「うぅぅ……（笑）、ぁぁぁ……」

こういう感じなんです。で、わたしが顔を見て、

「お早うございます！」

って言っても、

「うぅぅ……（笑）、んんん……」（笑）

それで楽屋のところで、文都兄さんとバッタリ会って、文都兄さんが、

「どうも、ありがとうございます」

って言ったら、

「文都、具合はぁ、具合はぁ、具合はどうだ……」（笑）

「具合はどうだ」って、自分の具合はどうだ？　って（笑）、もう皆、突っ込みたいンだけど。それで、

「いやぁ、あのぅ、抗がん剤の影響で、ものがあんまり食べられないのですよ」

って言ったら、

「あぁ……、そう、わたしもね、食べられん……。飯が食えんてのは、本当に、本当に辛い。うん、まったく食えん」

とか言って、ずっと喋ってる。そうしたら、ウチの師匠を車で連れてきた人が、師匠の昔からの友達ですけれども、

「家元、あんなことを言ってるけどね。夕べ、病院食だけじゃ足りないって、夜中、おむすび三つ食べてるンだからね（爆笑）。それから、出掛けに、『腹が減っちゃった』って、オムライスと天丼食ってる」（爆笑・拍手）

そんなに食ってる！　そんなに食ってる人が、何でこんなになって出てくるのか、よく分からない（笑）。

で、楽屋で喋っているうちに、段々段々、元気が出てくるンだけど、でも、まあ、あんまり呂律が回らないンでしょ。舞台の挨拶も、

「ええぇと、じゃぁ、ぁの、五分な。五分、ぅん、五分だけ、喋る」

って言って、わたしが代演で出て一席、三十分ぐらい演《や》ったあと、談志が登場して、

「あぁぁぁ、もう、ダメぇ」

なんて言いながら、五分の予定が、三十五分も小噺を演ってましたね（爆笑・拍手）。

それで、打ち上げに行きましょうということになって、ウチの師匠は直ぐ病院に帰るのかと思ったら、打ち上げで天ぷら屋さんに行って。で、ウチの師匠と友達と、それから文都さんだとか、わたしだとか、弟子がこう囲んで、天ぷらを次から次へと出してくれるンですね、揚げたてを。

それで、我々はパクパクパクパク食べてると、ウチの師匠は、

「うぅう……、あんまり食欲無いからね。いいよ、いいよ、いいよ」

と言いながら、少―しづずつ食べてる。それで、そのうちに、かき揚げが来たら、

「かき揚げ！　かき揚げは、荷《に》だね、これは。いらん、いらん。かき揚げ、いいから。誰か、他の奴、食ってくれ」

って、自分の倅にかき揚げをあげたンです。それで、皆がかき揚げを食べてたら、よっぽど美味しそうに見えたンでしょうね（笑）。

「あぁあ……」

って、わたしのほうを見て、

「あぁあ……、うん。いやぁ、ちょ、ちょっともらうよ」

なんて言って（笑）。で、また、ウチの師匠、箸の持ち方が、あんまり上手くない。「ううう」ってやってるうちに、バラバラになって（爆笑）、八割方持って行っちゃう（笑）。

わたしは、バラバラになった奴を、ちょこっと食べただけ（笑）。

それから、店の人が気を遣ってくれて、マグロの刺身の赤身の美味いのがあるからって、ポーンと出して、

「えええ、いらん。そうそう、そりゃいい。そりゃいいよ。まぁ、置いておくだけ、置いておいて。うんうん、じゃあ、折角だからね。一切れだけもらうよ。うん、これは美味い。俺はもう、一切れだけでいいから」

って、そりゃまあ師匠もねえ、お腹が空いてても、具合が悪いから、そんな生魚なんて、あんまり食べれないンだろうと思って。でも、チラチラチラチラ、マグロのほうは見てるンですよ（笑）。「一切れでいい」って言ったンだけど、何か未練があるンでしょうね。わたしはそれを、ずっと観察してましたからね（笑）。で、わたしがちょっとトイレに行って、戻ってきたら、キレイになくなってました（爆笑・拍手）。もの凄い勢いで、食べたみたいで。で、話しているうちに、段々段々、元気が出て、普段の師匠に戻ってる。それで帰るときには、

「談志師匠、これどう？　お土産《みやげ》で」

って、天丼をお弁当にしてもらって（笑）、それを軽々と持ちながら、

「ああ、ああ、それじゃあねえ」

って、千鳥足で（笑）、何か凄ぃルンルンルンルンルン、弟子の乗ってきた車に乗って、「うん、じゃあな」

って、凄く元気良く帰って（笑）。来たときのあの、

「うぅぅ……」（爆笑）

あれは、何だったンだろうなぁ？　っていう。え～、ですから、あんまり心配するとはないでしょうね（笑）。

ええ、ウチの師匠は「死ぬ、死ぬ」と言っている間は、決して死なない、そういう生物でございますから（笑）。来年辺《あた》り、また違った形の談志師匠を楽しませてくれるンじゃないかなと、期待はしておりますけど。

プログラムにも書きましてけど、この間、ロックコンサートに出演をいたしまして。ザ　ゼン・ボーイズというロックシーンの中では三本指に入るくらい有名なというか、名人なんだそうでございます。

あんまりテレビや何かに出てないので、わたしは知らなかったンですけど、でも、そりゃあ、この会でも言ったかも知れませんけど、「落語家を呼ぶンだよ」って言って、「志らくさんを呼びます」って、落語ファンは、

「うわぁ、そうか志らくを呼ぶンだ。うわぁ」

って、結構騒ぐかも知れませんけど、でも、田舎のおじちゃんやおばちゃんなんかは、わたしのことは誰も知りませんから、志らくさんが来るよりも、こぶ平さんが来るほうが、皆、大喜びになって（笑）、

「志らくさん？　ええ、立川流で何か有名な人ぉ？　知らねえなぁ」

って、これを同じなのが、ザゼン・ボーイズなんだそうでございます（笑）。そりゃそうでしょう、わたしもかなり傷つきましたけど、この間、名古屋でもって、いっ平と、新しく三平になりました泣いてばかりいる（笑）、決して面白いことは一つも、意地でも言わないという、あのいっ平くんの新・三平と落語会があって。名古屋で一緒に帰ろうと、新幹線の駅で立っていたならば、オバチャンが二人、パァーッと駆けて来て、

「サインして下さい！」

って、いっ平のところに来る訳ですよ。で、あいつがこうやってサインして。で、わたしのところにも、ついででも来るかなと思ったら、

「あっ、マネージャーさん。あの写真撮って下さい」（爆笑）

わたしは、マネージャーですよ（爆笑・拍手）。で、わたしもいっ平に、

「何だよ。随分、人気があるねえ」

って言ったら、そこでもって「いやいや」なんか言えばいいのに、「いやぁ、幾ら人気があったってねえ。兄さんみたいに、ちゃんとねえ、落語が出来ないとダメですよ」

って、ひっぱたいてやろうかと思って（爆笑）。なんだその、上から目線は！　これは、しょうがないですね、やっぱ、テレビやマスの力っていうのは。

この間、よみうりホールで、たい平君と二人会を演って、これはあの民音が主催だったので、やっぱり招待のオジチャンやオバチャンがもの凄く、キャパ千二百ですからね。ほとんどが、オジチャン、オバチャンなんですよ。あんまり落語はそんなに聴かないような。ですから、最初にたい平が上がると、『笑点』効果で、「うわぁー！」って、もの凄く盛り上がるンです。だって、何言っても、バーン、バーンとウケるンです。それで、次にわたしがトリで出て行っても、拍手が五分の一ぐらいですよ（笑）。

「この人は誰？　見たことが無いなぁ」

という。それで、終ったときの拍手は勿論、わたしのほうが大きいですけど、まあ、そんなことは（笑）、そんなことは言うことはないですけど（爆笑・拍手）。で、「よっしゃあ、おれが勝ったなぁ」とこう思っているンだけど、終ってからロビーでサイン会をしますって、二人とも本や何か出してますから。で、サイン会をやると、やっぱり、もう、たい平のにブワァー！　と、もう、長蛇の列ですよ。わたしのほうは、十分の一ぐらいしか並ばない（笑）。それでも、わたしのほうへ来るのは、わたしと同じ様な目をした男の人ばかり（爆笑）。

「俺は分かってるよ」

みたいな感じで（爆笑・拍手）、そのかわり直ぐにサインが終っちゃって、相当わたし、ゆっくりやっても、たい平のは、オバチャンがキャーキャーキャーキャー言ってる。えぇ〜、こればっかりは、しょうがねえなと思いましたけど。だから、ザゼン・ボーイズも同じような境遇にあるって言ってましたね（笑）。

えぇ〜、自分たちはいろんなロック雑誌でもって、「凄いミュージシャンだ」なんて、褒め称えられるけど、大勢いろんな人と一緒に出ると、チャゲ&飛鳥が出たり、それからTUBUなんか出たりすると、どうやってもブワアーっと盛り上がって、自分のときはシーンとなるンだと。ただ終ったときの拍手は、TUBEなんかよりもブワァーっと大きくなると言ってましたけど、全くわたしと同じような立場でございます（笑）。

えぇ〜、そのザゼン・ボーイズ、向井秀徳《むかいしゅうとく》という人がリーダーでございますが、その向井秀徳さんがわたしの落語の『らくだ』を聴いて、「同じ価値観を持ったキ × ガイだ」と、こう言ってくれて、「是非とも自分の客に、志らくさんの落語を聴かせたい」って、そう思っちゃったンですね。で、大阪の厚生年金と、それから渋谷のCCレモン、昔の公会堂、「ここでコンサートを演るから、志らくさん、セッションをしてくれ。出てくれ」って言われて。わたしもまあ、二つ返事で、「いいですよ」って言って。言ったはみたものの、この会でも喋りましたが、日比谷の野音にわたしが偵察に行ったら、三千人くらいのお客さんが、もう若者ですよ、ズァァァーっていう土砂降りの中、皆、こう、レインコートを着て、もう照る照る坊主みたいな格好で、皆立ち上がって、こんなになって(笑)、揺れてる訳ですよ。

「こんなとこじゃ、落語なんか出来る訳ねえじゃねえか」

と思って。そうしたら、向井さんが、全部その日は立ち禁止。「座りにしますから」って言って、「ああ、座りならまだいいかなぁ」と思って。で、出番は、わたしは出来たら、一番最初が良かったです。まだ、客が何にもならない状態で、出てきて、

「ああ、あのう、前説代わりで落語演りますから、聴いてください」

って、それだったら、未だ、出来るかなと思ったならば、二時間ぐらい十数曲演《や》って、一番最後のトリの曲の途中で、出て来いと言う(笑)。で、わたしの落語で、すべてが終わりって、これは無謀過ぎますよ(笑)。

で、先ず、わたしは、大阪で。先ず、大阪で落語演って、ウケたことがありませんか

ら。え～、あのう、「何言ってるのか、わからへん」って言われたことがありますからね（爆笑）。

「早すぎて、わからへんぞ！」

って、野次られたことがあります。その大阪で、アウエー過ぎますよ。で、わたしのかみさんと、かみさんの親、この二人だけですよ、わたしの味方は（笑）。あとは、全部敵みたいなものですから。

それで、バーンとはじまって、舞台袖で聴いてると。……立ってはいないです。皆、座って、座ってはいるけれど、あの、ジーっと座っている人は居ません。もう、座りながら、こんなに、こんなになって（笑）、こんなになっている訳ですよ、もう。ここに扇橋師匠を出したら、両方ともこうやって揺れてるから（爆笑）、面白れえなと思ったンですけど（笑）。

それでもうサウンドが、ダァーン、ダァーン、ギュギュギュー、ズドドドド、ボオワー、うわぁー、アルベエアルベエアゥ、もう、何言ってるのか、訳が分からない（笑）。うわぁぁぁぁ、もう、凄い盛り上がり方をするンです。ほいで、ロックが十分、客の身体に染み込んだところで、最後の曲が「Ａｓｏｂｉ」って言う曲だったンですが、ウロアウロアウロア、ウワァー！　ビシャーン！　バンドの前に、スクリーンがザァァァっと降りて来るンです。すると、そのスクリーンに影絵のようにザゼン・ボーイズが映る、それが、またキレイなんです。うおぉぉぉぉって盛り上がっているところに、向井秀徳さんが、すぅーっと舞台の前に出て来る。そこへ黒子が、ざぁぁぁっと、高座を持ってくる（爆笑）。それでもって、「めくり台」が出てまいりまして（笑）。で、向井秀徳さんが前座のように、パッとめくると、「立川志らく」。すると、何か知らないけど、ピューピューピュー、「うわぁぁぁ」って客が大騒ぎをする（爆笑）。わたしは、てっきりブーイングが起きたンだと思って（爆笑）、「帰れ、この野郎！　東京に！」みたいな、そうしたら、皆、大喜びなんです。わたしは大阪で、こんなに人気者だったかと言うくらい（笑）。「ピーピー、うわぁぁぁ」って盛り上がって、で、わたしがすぅーっと出て行って、ウァァァンウァァァン、で、舞台に座って、皆、「うわぁぁぁぁ」で、頭下げると、音楽がパアンっと止まって、

「え～、酒というものはぁ……」（爆笑・拍手）

それで『らくだ』を三十分演りましたね。でも、不思議なことに、あの、お客がよーく笑うンです。え～、大阪の厚生年金は、千人も入らない場所でございますが、ＣＣレモンは何千人か入るもの凄いデカいところで、そんな大きいところで、先ず落語を演ったことが無いのに、それで客は大体十代、二十代、若くて三十代、若者ですよ。生まれてはじめ

て落語を聴くような人ばっかしなんだけど、誰も騒ぐことなく、皆、普通に、全部、ツボツボでドーンと、さっきの『勘定板』なんか、屁みたいなもんで（爆笑・拍手）、ドカン、ドカン、ドカン、ドカン、ウケる。

で、わたしは自分が出る前に思い込もうと思いましてね。こんなとこへ出て行ったら、先ず落語なんか出来る訳がない。とにかく自分で自己催眠をドンドンドンかけて、「もう、ここは、ＣＣレモンホールじゃないンだ。大田区の下丸子なんだ（笑）。下丸子らくご倶楽部なんだ。すぐそこに花緑も居るんだ」（爆笑）

みたいな。自分でもともかく思い込んで。で、ギュインギュインギュインギュインって演奏は、これは二時間近い出囃子《でばやし》だと思い込んで（笑）、長い出囃子ですが、途中でドラムもあるから、あれが一番太鼓、これが二番太鼓って感じで（笑）。とにかく、長い長い長い出囃子なんだと思って出ってて、それで、「おれには、これしか出来ないから」って演ったら、普通にドーンドーンとウケて、終わったときに、「うわぁー！」って、もの凄い拍手をもらって、つまりロックを聴くと同じなんでしょうね。

いいものを聴いている人は、ちゃんと聴こうという意識が働くのでございますよ。だから、こんなことを言うと怒られるかも知れませんけれど、ほんの数年前、ＮＨＫの『真打競演』というラジオ番組があって、わたしは随分、田舎に行って、全部お客さん、あれはタダですよ。タダのお爺ちゃん、お婆ちゃんの前で、『らくだ』を演りましたけど、それより良い反応だったですね（笑）。ですから、「若い子もバカにしたもんじゃないな」と。向井秀徳さんは、随分強情な人ではございましたけれど、まあ、天才と言われている人ですから、その人の言うことを聞いて、「ああ、いい思いをしたなぁ」なんて。え〜、わたしの書いてるブログなんかも、ザゼン・ボーイズのファンが訪れて、今、パンク状態でございますから（笑）。皆が、

「落語面白いね！　今度、寄席行こう！」

って、皆、ザゼン・ボーイズのファンが言ってますけれども、新宿末廣亭の芸協の昼席かなんかに行っちゃって、ビックリするンだろうなと、思ってますけど（爆笑）。

まあまあ、世の中に強情な人ってのは、たくさん居るもんでございますがって、……嫌な「まくら」だなあ（笑）。江戸っ子の意地の張り合いのお噺でございます……。

師匠・談志を見舞う

二〇一〇年二月九日　『志らくのピン』　内幸町ホールリビング名人会
『お七』のまくら

師匠の談志が、お陰様で具合がだいぶ良いみたいで、落語協会のほうでは、皆がガックリしているという情報が入っておりますが（笑）。立川流においては良いニュースでございます。

ずっと入院をしておりまして、先日、ほんの二、三日前に、お見舞いに行きました。最初はお見舞いは禁止という状況だったのですが、随分元気になったというので、本人は、看護婦をつかまえて、一日に五時間ぐらい話をしているという（笑）。とにかく、弟子が入れ代わり立ち代わり行っていただけると、師匠の退屈凌ぎになるというので、もう、次から次へと弟子が行くのでございます。

まあ、どこが悪いという訳じゃない、勿論いろんなところが年齢的に悪かったンでございますが、もう、一時は本当に声が出ないような状況で、圓楽師匠のあとを追っかけるのじゃないかと、そんな噂がありましたけれども（笑）。輸血をしたみたいですね。血を入れ替えたら、善《い》い人になっちゃったという、そんな噂もございますが（爆笑）。看護婦さんに聞いた話で、「談志師匠は、最近、何にでも感激するンです」と。この間、窓からぼんやり談志師匠が外をずっと見てるから、

「談志師匠、何してるンですか？」

って言ったら、

「(談志の口調で）ぅーっとね、雀がねぇ、可愛いンだよね、ぅんぅん。雀が可愛いってぇのをね、この歳になって初めて気がついた」

なんてことを言ってるらしい（笑）。黒澤明の『生きる』の志村喬みたいになっちゃって（笑）。

「(志村喬の口調で）ああ、こんなに夕日がキレイだとは、ちっとも知らなかった（笑）。あっ、だけど私には時間が無ぃ」

あれと同じような状況でございますけれども（笑）。

お見舞いに行ったなら、お粥かなんかを食べていて、

「完食！　もう、全部、全部食うンだよ。屁が幾らでも出るんだぁ」

プップッ、なんて屁をしてみせてくれたり（笑）。で、二時間ぐらい、いろんな話をし

てくれましたけど、開口一番に言った言葉が面白かったですね。

「うぅぅとね、あのぉぉぉ、……談春」

「談春兄さんが、どうしました？」

「うぅぅあの野郎、ぶっ飛ばしてやろうと思ってな」（笑）

弟子が師匠にぶっ飛ばされるなんて、あんまり、馬風一門でもあるまいし（笑）、聞いたことが無い。いきなり、初回先頭打者ホームランみたいな発言で、面白くて。

「あっ、そうですか。談春兄さんをぶっ飛ばしますか？」

「そうなんだよ、うん。俺の関係の仕事な、もの凄く良いギャラ、あの野郎、断りやがった。冗談じゃねえ！　どんな理由があるか知らねえけれど、俺が代りにその落語会を演る、うん。で、談春《あいつ》を前座で使うからな（笑）。開口一番演《や》らせて、高座返しやらせるから。それで、談春《あいつ》のギャラは無しだ」

って、訳が分からない（爆笑）。だから談春兄さんは、そういう目にあうんじゃないかと、今から楽しみしておりますけれど。

え～、世間は朝青龍が、あんなような状況になってね。まあ、世論からすると朝青龍を叩いたほうが楽なんですけど、わたしはどういう訳だか、朝青龍のファンでも何でもないのですけど、可哀想な気がしています。

品格、品格なんてぇことを言ってますけれど、具体的に「何だ」と言うことをハッキリ言ってあげないと、分からないですよ、モンゴルから来た人なんですから。だって、日本人がアフリカの部落に行って、

「我々の品格はね」

って、ドンドコドンドコやられても、何のことだか分からない（笑）。それと同じような状況なんで。でも、周りが寄ってたかって、「品格、品格」なんて……。やくみつるなんて、品格なんて言えませんよ。あの人は、どこへ出たって帽子を被っていますからね（笑）。人前に出たときには、シャッポを脱げって、そういう感じがしますけども。

内館牧子なんて、品格だなんて言える顔ですか？　あの顔は（笑）。秋田の酔っぱらって女風呂に飛び込んじゃった〝なまはげ〟みたいな顔して（笑）。内館牧子がテレビに出ると、ウチの犬がワンワンワンワンって吠えますからね（爆笑）。何が品格だか、訳が分からない。

品があれば良いと言うのならば、じゃあ、「麻呂」みたいな横綱が出て来ちゃったら、どうするのかね（笑）？　それに一般人を殴ったって、それは確かに悪いかも知れませんけれども、殴られた奴がどういう奴なのかってことを、もっとハッキリしなけりゃいけま

せんよ。普通に道を歩いている人を、いきなり殴ったとか（笑）、そういう訳ではない訳で。仲間内で、聞いたところによると、朝四時まで飲んでいたと。朝青龍と朝四時まで飲む奴なんて、普通の奴じゃありませんからね、これは。もう、その時点で、何か怪しい奴ですよ。それで、相撲界は〝ごっつぁん体質〟ですから、絶対に朝青龍が金を出すことはありませんから、その人がお金を出しているンでしょ？　お金を出していながら、トーンと殴られるということは、よっぽど嫌なことを言ったに違いないンです。どんな人なのか全く分かりませんが、憎たらしい顔をしているかも知れませんよ、もしかしたら。あの『アバター』に出てくるような顔で（笑）。『アバター』って言うと、沢田亜矢子の別れた亭主の松野さんにそっくりですね、『アバター』は（爆笑）。眼が頭の横に付いてて（笑）、整形したのに全く顔が変わらなかった（笑）、あの人に似てますけど。あんな様な顔して、何かきっと嫌なことを言ったんじゃないですか、もしかしたら、ねえ。

「内館牧子と寝てンじゃないの？」

パーン！　と殴った（爆笑）。そういう可能性だって、無きにしも非ずでございますからねえ。そこら辺をちゃんと調べないと。

そりゃあ、品が幾らあったって、あんまり強くない横綱と、その昔の大乃国なんかそうですよね？　錦絵にしたいような綺麗なお相撲さんだったけれど、十勝するのが精一杯みたいな――そういう横綱と、そりゃ品は悪いけれども強い横綱と、どっちが良いかってことなんですよ。

そりゃあ、落語の世界だって、そうですよ。新しく木久蔵になった木久男。あいつは何か品がありますよ、ポーッとして。あいつの落語と、品がもの凄く悪い――朝に会って、「お早う」って言いながら、パァァアンといきなり向う脛《ずね》を蹴っ飛ばす談春兄さんと、どっちの落語を聴くかって言ったら（笑）、世間は絶対に談春兄さんの落語を聴くンですよ（爆笑・拍手）。金払ったたって、木久蔵の落語は聴く筈が無いンでございます（笑）。

そういうことなんです。だから、徹底的に朝青龍を責めたり、苛めたりするのは、そりゃあ構いませんよ。だけど、辞めさせちゃったらしょうがないンで。ここ何年か、相撲界ってぇのは、朝青龍が世間を騒がせたら保ったようなもんで、朝青龍がいなくなったら、もの凄く寂しい、ねえ。

相撲協会の理事なんて、あんまり頭の良い人がいる訳がないじゃないですか（笑）。だって、普通の人たち、皆、お相撲さん上がりですよ。相撲に関しては、皆、凄い人ですけど、子供の頃に、地方の寒い所から、さらわれるようにして、東京に来て（笑）。それで毎日、「ちゃんこ食え！」って、ちゃんこ鍋しか食わせてもらえなくって（笑）、で、頭の毛が伸び出来たら、丁髷《ちょんまげ》結わされて、それで褌《ふんどし》姿で「闘え！」なんて、そりゃ利口になる訳が無い（笑）。普通の人が一所懸命勉強する時期にそれをやってた訳ですから。それで、「ごっつぁんです」って言えば、金がバンバンバンバン入って来る。

それが、皆、理事になって、話している訳ですから、理事会なんか建設的な意見は一切出ないですよ。朝青龍の件だって、理事が皆集まって、

「ど、ど、どうする？」

「うん、世間がうるさいから、引退だ」

「そうだな」

って、そのぐらいの会話だけですよ（爆笑）、理事会で言ってることなんか。だから、朝青龍だって堪ったもんじゃないンで。相撲界と言うのは、やっぱり、ああいう人がずっと居て、皆で笑っているような——世間には別に何にも迷惑をかけていませんから、「サッカーやっちゃって、怪しからん！」って言っているのは、内々のことで、世間は皆、笑っている訳ですからね。足、怪我しているのに、必死にヘディングしている姿を見て、

「アハハ、馬鹿だね、こいつは」

って、大変に世間は楽しませてもらっている。

「功労金を一億二千万円、貴乃花より払っちゃいけない」

みたいなこと言ってますけど、あれだけ相撲界に功労した人はいないンで、わたしは

二億円ぐらいポーンと出すべきだなと、そんなふうに思っておりますが。

まあまあ、日本人というのは、そういう曖昧な品《ひん》だとか、まあ粋《いき》だとか、わびさびなんていう——言葉じゃ到底説明出来ないようなものが好きな民族でございます。縁起を担ぐというのも、そのうちの一つかも知れませんが。

古典落語、沢山ある中で、一番縁起の悪い噺をこれから申し上げますが（笑）、その昔、圓生師匠が演って、あまりにも演技の悪いことを並べて演って、圓生師匠の性格なのかどうなのか知りませんが、わたくしは聴いてて、吐きそうになったことがあります（笑）。

わたしは思い込みが激しい

二〇一〇年三月九日 『志らくのピン』 内幸町ホール
『唖の釣』 のまくら

わたしは、大変に思い込みが激しい人間でございまして、先月この「志らくのピン」のあとに独演会があったンですが、それをすっぽかしかけてしまった。もしかしたら何人かのお客さんが、その現場にいらっしゃったかも知れませんが（笑）。

二月の十三日の土曜日、市ヶ谷のアルカディアと言う場所でわたしの独演会、お客さんが四百人ぐらいお出でになったンですが。わたしは本当に、そそっかしいというか、思い込みが激しくて、二月の十三日の日曜日だって、思い込んじゃったンですね。実際は二月の十三日の土曜日なんですが、わたしの中では二月の十三日の日曜日。で、一日前に、自分のスケジュール帳を見て、確認しているンだけども、自分は日曜日と思い込んでいるから、土曜日に独演会って書いてあっても、わたしには、もう、日曜日にしか見えないンですねえ（笑）。

その日は、今日はオフだから、ウチでゴロゴロ転がったり、外に飯ぃ食いにいったり、夕方まで昼寝したり、それでちょうどバンクーバー・オリンピックの開会式の当日だったんで、え〜、六時半ぐらいにテレビを観ていたンですね。それでオリンピック、もうすぐ日本が入って来るよって思ってた。

そうしたら、一緒にいたかみさんが、何気なく自分の手帳をこう見て、

「あれ？　今日、独演会じゃないの？」

ってこう言うから、

「ったく、書き写し間違いだ。独演会の訳が無い。独演会は、日曜日」

「だけど、十三日の土曜日って書いてあるもん」

「だから、十三日の土曜日ではなくて、十三日は日曜日だよ」

「だって、十三日は……」

「あっ、それ、去年の手帳だろ？」（笑）

「今年買ったばっかだもん」

「じゃ、手帳屋が間違えたんじゃないの？」

「間違える訳ない……」

「だって、日曜日は十三日で明日なんだよ、今日の筈が無いンだよ」

したら、テレビでもって、

「……二月十三日、土曜日、開幕いたしました」

というのが聞こえて来て、幾らなんでもテレビが間違える筈が無い訳ですよ（笑）。テレビで開会式の日を間違える筈が無いので、「へっ！」っと思って、それで携帯電話をパッと見たら、その日に限って携帯は、サイレントモードで一切音が鳴らない様にしちゃってました。ファッと見たら着信がもの凄くたくさんあって（笑）、「あれあれ？」。それで、マネージャーのところに電話して、

「ああ、もしもし、志らくだけども」

って言ったら、

「どこにいるンですか！？」

って言うから、

「……ウチです」（笑）

「ウチって！？　もう、はじまってます！」

六時半開演で、わたしの上り（時間）が七時だったんですが、そのとき、時計を見たら六時四十八分だった（笑）。

「うわぁぁぁ！　あのう、何とか上手く誤魔化して」

「そうはいかない！　誤魔化しようがないから、直《す》ぐに来てください。弟子でつながせますからぁ！」

それで、六時四十八分から仕度して、オフですから髭はぼうぼう生やし放題、髪の毛もクッチャクッチャになって、寝間着のまんまでいて、「うわぁ」ってわたしのマンションから駅まで普通にテクテク歩いて行くと、十五分ぐらいかかる距離なんですけれど、六時四十八分に気がついて仕度をして、七時二分には、もう、電車に乗ってましたね（笑）。人間というのは慌てると、もの凄く素早い（笑）。

で、またそこで思い込みが激しいのは、わたしは市ヶ谷だってことを、そのときにマネージャーからも聞いているし、市ヶ谷のアルカディアということも分かっているンだけど、何故か市ヶ谷が、千葉の市川と思い込んでいるンですね（笑）。だから、もう、電車に乗って、「わぁー、市川だったら、どうやったって一旦新宿に出て、中央線に乗り換えて、今七時ちょっと過ぎだから、着くのは八時ちょっとぐらいかなぁ。うわぁー、エライことになったなぁ」と思って、今、携帯電話で検索が出来るじゃないですか？　乗り換えが。で、今、この電車に乗ると何時に着くかってのが分かるンで、それが分かったならば、マネージャーのところに電話して、「弟子にこれだけつながせて、お客さんに謝っておいてくれ」って言えると思って、検索をして、自分ではちゃんと、市ヶ谷と入れてるンだけど、頭では千葉県の市川なんですよ（笑）。パッと見たら、到着が七時三十五分。あれっ？　千葉近いな、これぇ(笑)。ウチから三十分ちょっとで着いちゃうんだ。ほぉー、千葉近けぇなぁ。って、安心しちゃって。七時三十五分に駅に着くから、迎えに来てくれ——なんて言って。それで、高田馬場で地下鉄に乗り換えたンです。

で、とにかく髭をどっかで剃らなくちゃいけない。で、髭剃りは電気の奴を持っていたンで、駅でブァーってやってると、変な人だと思われてしまうンで（笑）、ちょうど反対のホームに地下鉄がガァーッと入って来たときに、後ろ向いてブゥルルルブゥルルルゥゥて音を誤魔化したりして（笑）。それで東西線に乗っかって、それで検索、乗り換えの奴を見て、「近いな。三十五分に着くンだ」。フッと見たら、飯田橋で乗換。で、飯田橋乗換で、市ヶ谷に着くのが僅か三分。あれっ？　飯田橋から、千葉まで、……三分（笑）。そんなに近い訳が無い（笑）。リニアモーターカーかなんか走っている訳が無い。「え？」っと思ったら、

「あ、そうだ。おれ、市ヶ谷で検索しちゃった。そりゃ近いよ。市川なんだよ、千葉の。あ、……あれ？　市川、市ヶ谷、どっち？　あれぇ？　おれは、どこへ行くの？」(笑)

もう、電車の中でパニック状態。もう、訳が分かんない（笑）。で、カバンの中を探って会場の地図を見たら、

「お願いだから、市ヶ谷ってでて！　お願いだから、市川ってでずに、市ヶ谷って」

パッと見たら、市ヶ谷、

「うわぁー！　勝った、よし。市ヶ谷ぁぁぁ」（笑）

それで七時三十五分に着いて、七時五十分から会をスタートさせて、で、わたしが一時間の二席を演《や》ったのでございます。

こういう遅れがあると、大概のお客さん、皆、

「ああ、志らくさんも談志師匠の真似ね」

って、皆そういうふうに言うんでございますが（笑）、そのくらいとにかく思い込みが激しい。

以前、かみさんとニューヨークに遊びに行ったことがあるンですけど。ニューヨークで一週間ぐらい遊ぶと、日本への帰りのフライトは午前中しかないですね。その前に三、四回、ニューヨークに行っているから、分かってるンだけども、何故か出かける前に、

「夜、あれ？　夜か。夜のフライトもあるンだ」

って、何か思い込んじゃったンで。と言うことは、夕方まで、もうちょっと遊べるンだって、頭に入りこんじゃった。それで一週間遊んで、明日はいよいよ帰り。で、明日のチケットを見る訳です。

「AM七時半、フライト」

って書いてあるのだけど、自分ではそれが夜だって思い込んでいる（笑）。

「うん、夜だな。夜の七時半ってことは、まあ、マンハッタンを五時ぐらいに出れば、まあまあ、何とか空港まで間に合うだろう」

なんて言って、「じゃあ、五時まで遊ぼう」って、いろいろ計画を練って、チャイナタウンとかいろんなところへ行って食べたりして、それで夕方五時ぐらいに、空港に行くバスに乗り込んで、それでもう一回チケットを確認しておかなきゃって見た。

「え〜、フライト、AM七時半、うん。……あれ？　AM（笑）？　あれ、PM、AMPM、あ、それはコンビニだなぁ。あれぇ」（笑）

で、横に乗っているかみさんに、

「あの、ちょっと訊いていい？」

「何？」

「あの……AMっていうのは、……夜だっけ？」

「夜じゃない。AMは、午前中だよ」

「ああっ！　そう、……ああ、重大な発表がある（爆笑）。飛行機は、行ってしまいました」（笑）

「ええー！」（笑）

もう、思い込んじゃったら、どうにもならないですね。結局ニューヨークの知り合いの人に、ホテルをとってもらって、次の日の朝に帰りましたけれど。

で、つい、二、三日前も、ウチのかみさんが船でもってご飯を食べるツアーに申し込んだ。日の出桟橋から、豪華客船が出航して、そこでフランス料理を食べるなんていうツアーがあるじゃないですか。で、わたしは船がもの凄く嫌いなんです。船が大嫌い。船に乗っただけで、気持ちが悪くなる。これも、思い込みなんです。ちゃんとした客船なら、決して気持ち悪くならないように出来ているンですよ。それが、時化《しけ》のときにモーターボートに乗ったとか、屋形船に乗った経験があるので気持ちが悪くなる。その経験があるから、もう、船イコールダメって思い込んでいるンですね。

そのことをかみさんに一度も言ったことがなかったンで、豪華客船でフランス料理を食べるコースを申し込んじゃった。

「ああー、えれえことになったなぁ。独演会前に、気持ちが悪くなったらどうしよう？」って、ドキドキしている訳ですよ。で、そのことを言わずに船に乗り込んで、何だか知らないけどフランス料理の気取ったような、そこに日本人が座ったって、どうってことはない（笑）。外人が座れば、それで絵になるンだけども（笑）、何か中途半端なピアニストが出てきて、ピアノなんか弾いたりするンだけど（笑）、「何演ってンだ？　こいつは」。で、随分陰気だな。全部カーテンが閉まっているわけですよ。こんな陰気なところで飯を食うのかな？　段々、気持ちが悪くなっていく。ゴォォォォ、ゴォォォォ、モーター音が聴こえると、ドキドキドキドキする。

「ああ、こりゃダメだ。やっぱり気持ちが悪くなるなぁ」

で、船がパァーッと動き出したら、カーテンがサァーっと開いて、歓声が沸き起こるわけです。パァーッと夜景が見えるわけで。夜景が見えたら、

「うわぁー！　海だ！」

「うわぁぁぁ！」

もう、こっちはあぶら汗がダラダラダラダラ出る訳（笑）。で、出てきた料理が、クリームでグッチャグッチャにしちゃって、素材も何も分からないようなフランス料理を、ペチャクチャペチャクチャなんだか……（笑）。

「うわぁー、美味しくないな。もっと普通に御飯で漬物で食いたいなぁ」

って思っていると、余計に気持ちが悪くなる（笑）。もう、どうにもならない。え〜、本当は座るときには、進行方向のほうに女性が座って、男性は後ろ向きで、そういうふうに決まっている。でも、もう、わたしは気持ちが悪いから、最初から席をかえて（笑）、

「あの、今日は、ちょっと女にさせて」って、訳が分からないことを言って（笑）、

「どうして、そんなに具合が悪いの？」

「いやいや、実はね、おれ、船が大嫌いなんだよ」

「最初に言えばいいのに」

「もうダメだ。もう、何にも食えない。ちょ、ちょっと、外で涼んでくるから」で、涼みに行こうと思ったら、雨がザァー、ザァー（笑）。外に出たら、吹き飛ばされそうになって。しょうがねえから、レストランの前にある売店――いろんなグッズが売ってあるその前のベンチに座って、一人だけ、他は皆御飯を食べて、誰もそんなところにいないンですよ、御飯の最中だから。一人で、

「ハァ、フォア、フォア、フォア、フォア」

気持ちが悪くなると、「ハァ」じゃなくて、「フォア、フォア」と、「フォア」の音が出て止まらないンです（笑）。

「フォア、フォア、フォア、フォア」

するど、売店の人が、

「あの人は何をしてるンだろう？　ずっと、何か『フォア、フォア、フォア、フォア』っ

て言ってるぞ」（笑）

で、途中で少し気分も良くなったので、戻って、デザートとコーヒーを頂いて、あとはやることが何にも無いンですよ。雨が降っているから、甲板に出たって、もの凄いことになっているし、皆、ウロチョロウロチョロ、移動しているだけで、あとは上のバーに行って、ちょっとお酒を飲むぐらいですけど、わたしはお酒を飲みませんから。

で、また、そこのベンチに座って、少し、「フォア、フォア、フォア、フォア」ってのを元に戻そうと、頑張っている訳です。で、かみさんがグッズのとこでもって、木彫りのフクロウを見つけたンです。で、二人の決め事で、どっかに遊びに行ったときには、必ずフクロウを買おうってのが、もう、決め事なんです（笑）。そしたら、

「あっ！　フクロウがあった！　これ、買っていい？」

「あぁあ、いいよ、いいよ、うん」

で、売店に行ったら、売店の店員がもの凄く笑いを堪えている（笑）。というのは、船に乗ってグッズで、まだ、イルカだとか、魚のミニチュアを買うならまだしも（笑）、フクロウを買うってのは、先ず無い。おそらく、店員が、

「こんなものを置いたって、買う馬鹿いないわよね？」

「何で、ここのチーフはこんなものを並べるのかしら？」（笑）

「可哀想、こんなところにフクロウを置いておいたって、売れやしないわよ」

ってところに、

「フクロウください」

って来たから、

「うっ、プップッ、いたぁ！　フクロウ買う馬鹿がいた！」（笑）

って、もの凄く笑われた。かみさんは、自分が買うンじゃない、恥ずかしい。自分の亭主が欲しがった様にしようと、咄嗟《とっさ》に思ったらしくて（笑）、お金を払って、

「ねえ、こっち、こっち、ほらぁ、買ってあげたわよ」（爆笑）

って。すると、わたしが、

「おお、そうかい」

って受け取って、店員の顔を見たら、さっきまで「フォア、フォア、フォア、フォア」って言ってる奴が（爆笑）、フクロウを買ったから、

「ブハハハハッ！」

って笑いましたけどね。え〜、店員に、「ブハハハッ！」と笑われたのは、初めてでございます（笑）。

もう、何の話をしているのか、分かんなくなっちゃった（笑）。そんなことが、ござい

ました。

最近、またいろいろと映画を観ていますが、近頃は映画の前宣伝、コマーシャルでやってる素人の人を使っている。それまでは、あの〝おすぎさん〟がヒステリックに、「これが生涯、一番の映画です！」（笑）って、観に行って、「何が一番だぁ」ってのがよくあったンですが、近頃は、素人の人を使って、

「いやぁ～、もう、泣いちゃいました」

だとか、

「うわぁ、怖かったです」

って、あれに騙されて行っちゃうンですね。二本、全く同じ様な映画があって、『フォース・カインド』という映画と、『パラノーマル・アビリティ』という、両方とも怖い映画ですよ。コギャルみたいな女の子が、映画館でもって、

「うわぁぁぁ」

なんて驚いて（笑）、

「もの凄く怖かったンだけどー！」

って言ってるのが、コマーシャルで流れていて。もう、コギャルが驚いている時点で、こんなものは怖い訳が無いと思えばいいのに、行っちゃうンですね。

まず、『フォースカインド』って映画を吉祥寺の映画館に観に行って、とにかく映画のコマーシャルで、女の子がバァーンっと飛び上がって、どれだけ怖い映画なんだろう？　って、宣伝ですから。切符を買うときに、前に女子高校生が二人、凄く噂話をしている。

「凄い怖いよ。コマーシャルでやってたよぉー」

映画館がちょうど地下だったンで、女子高校生の後を付いて行ったら、その女子高校生が、

「もう、地下で観るなんて、チョーありえないンだけど」(笑)

なんて言って。こっちも、その女子高校生の言葉に、もの凄く怖くなっている(笑)。

「本当だぁ。地下で映画を観るなんて、ありえないンだけどぉー」

って、自分も思ったりする(爆笑)。で、映画がはじまったら、……何にも怖くない(笑)。これは、どういう映画かと言うと、要はカウンセリングをしている女性の先生がいて、彼女の患者が片っ端から不慮の事故に遭う。この女先生が、怪しいのではないかと警察がずっと追跡をする。でも、この女先生の言い分は、

「そうじゃない。宇宙人に患者は皆、さらわれている」と。実際にあった話をドキュメンタリーのような再現ドラマで、ミラ・ジョヴォヴィッチなんて、あの汚ねえ名前の女優が演ってる訳ですよ（笑）。あれ、これ、アンビリバボーでやっているようなやつだなぁ。それで、結論は、要は、この女の先生は頭がおかしいという（笑）。

「あたしの患者は、皆、宇宙人にさらわれちゃったンです」って、テレビでこう言って、皆に笑いものにされているってぇだけの話なんです（笑）。怖くも何とも無い。一ヶ所だけ、バァーンと驚くところが、一ヶ所だけあるンですけど。

で、もう観終わったら、一つも怖くないンで……。で、映画館から駅に向かうと、ひょいと見たら、その「地下で観たら、チョー怖いンだけど」って言ってた女子高校生が、地蔵《じぞう》のような顔になってた（笑）。あとから、わたしも地蔵のような顔で（笑）。駅に向かう道に雪が降ってたンで、おれたちは笠地蔵かしらって（爆笑）、トボトボトボトボ歩いて帰りました（笑）。

そのあと、同じ様な類だから、わかりそうなもんなんですよ、その『パラノーマル・アビリティ』。百五十万円の製作費でもって、映画を作って、全米でナンバー1になって、何十億と儲けちゃったってのが前宣伝なんです。どれだけ、怖いかという。これは大泉のオズという映画館に行きましたけど、かみさんも連れて行って、

「これ、もの凄く怖いからね。もう、覚悟して観なくちゃダメだよ」

なんて言って。それで映画館に入って、ポップコーンとポテトを食べたンです。そのポテトの油がきつかったらしくて、かみさんが、「なんか、具合が悪い」とか言って。それで、映画を観てたら、これも怖くも何とも無いンですよ。

要は、ドキュメンタリータッチの素人カメラで、「ウチにお化けが出るから、そのお化けをカメラで写してあげましょう」ってだけの話で。それで、一時間半ぐらい引っ張る訳です。もう、ずぅーっと退屈なんです。最後の最後に、ぅわっと脅かすのがあるだけで、その結末に行くまで、何にも怖くない、一つも。

「何だ、こらぁ？」

って、また地蔵のような顔になって(笑)。で、横でかみさんが、

「あ、あ……、ウッ……」

って言う。

「どうした？　どうした？　どうしたの？　これから、怖くなるから、どうしたの？」

「なんか、ポテトがあたったみたい(笑)。気持ち悪くて、吐きそう。吐いていい？」

「吐いちゃダメだよ。映画館で吐いたら、周りの人に迷惑だよ」

「じゃあ、トイレに行って来る」

て、駆け出して。あとで聞いたンですけど、外には次の上映を待っているお客さんが並んでいる訳ですよ。すると、女性がバーンと飛び出して（笑）、真っ青な顔で、脂汗で。トイレに駆け込むと、「ゲェェェ」って（爆笑・拍手）。

どれだけ、怖い映画なんだ（爆笑）?! 待っている人が皆凄い衝撃で（爆笑）。それだけ期待を高めておいて、何も怖くない。悪いことしちゃったなぁ（笑）。一つも、怖くなかったンでね。

だから、これから映画のコマーシャルで、コギャルみたいのがわぁって驚いているのは、ダメですね。普通のオジサンが観て（笑）、「うぉぉぉ！」っと驚くような宣伝があったら、これは観に行こうと心に固く誓いました。

落語家をブランドに例えると

二〇一〇年六月八日　『志らくのピン』　内幸町ホール
『宮戸川』　のまくら

昨日、談志一門会がよみうりホールでございました。

ウチの師匠は、落語を演《や》らないので、、談笑《だんしょう》と生志《しょうし》と松元《まつもと》ヒロさんが登場しました。で、一ヶ月ぶりの談志の公の場所ですから、わたしは、独演会の一日前で、本来は稽古しなくちゃいけないンだけれど、稽古よりも大事なものがあるだろうと、駆けつけました。出演者以外の弟子は、誰も来てませんけれどもね。わたしだけ、ポツーンと舞台袖で観ておりました。

最後、山中アナウンサーと談志の対談ってことで、ずぅーっと病気の話、薬の話なんかをしていた。で、山中さんが実に嫌な質問をふってしまったンですね。

談志の襲名問題。

「圓楽に楽太郎がなったから、談志は誰が継ぐンですか？」

みたいなことを、……訊けないじゃないですか、普通は（笑）。それを、ポーンと振ったンですよ。そしたら、ウチの師匠が、「う、うう〜ん」って、舞台袖を見たらわたしがチョコンと座っていて（爆笑）、

「ああ、志らく、ちょっとこっちへ来い」

って言われて、わたしは普段着のままですよ。二人はスーツ着てて、わたしはシャツ一枚です。で、

「談志の名前は誰が継ぐンですか？」

って訊いたら、談志が、

「おっ、志らく来てるンな、こっち来い」

と言うと、もう、わたしが継ぐみたいな雰囲気じゃないですか（爆笑）？　そしたら、客が「うわぁー！」って妙に盛り上がっちゃったりして（笑）。で、わたしが、「いやいやいや」なんて言って出た。それでウチの師匠が、

「別に誰だっていいンだよ。まぁまぁ、客呼べるのは、志の輔と談春と志らくの三人だから、まぁ、その内の誰かだろう」

「もっと上の古い弟子も居るじゃないですか？」

「いやいや、あいつらはオールドタイマーだから、そりゃダメだ」

なんて言って(笑)、

「この三人だと、まぁ、談春は美学の部分を継いでいるし、志らくは俺の狂気の部分。まぁまぁ、総合的に見て、一番無難なのは志の輔じゃないかなぁ」

なんてことを言ってた。で、わたしが、

「そうですか……」

ああ、志の輔兄さんが継ぐンだって、こう思っていたら、

「いやいや、不満がありゃ、相談すればいいンだよ。おめえが継ぎたきゃ、継いでもいいよ。俺は口上に出る」

って、訳が分からなくなって(爆笑)。

「いやいや、わたしは継ぎたいなんて、一言も言ってません」

で、志の輔兄さんや、わたしが継いだならば、

「家元、名前はどうなるンですか?」

って、山中さんがふったらならば、

「俺は別に何でもいいんだよ。え〜、あの、クリスマスでいい」

って、立川クリスマスって訳が分かんない(爆笑)。嫌ですよね? そうしたら、誰も継がないですよ。志の輔兄さんが、談志を継いだがために、あの立川談志が、立川クリス

マスになったら、こんな非難轟々《ひなんごうごう》は無いじゃないですか(笑)? したら、

「いいんだよ、おれは。そしたら、翁《おきな》の翁《おう》で、え〜、談翁《だんおう》でもいい」

って言ったら、

「それは、木久蔵師匠が既にやってます」

って言ったら、

「それは、嫌だ!」

って急に怒り出しましたけれども(笑)。木久蔵がやっただけでも嫌だという言い方をしておりましたけれども。

だから、近い将来、立川クリスマスというのが誕生する可能性もあるので(笑)。立川クリスマス、あとは立川キウイ、カタカナコンビが出来あがっちゃう(笑)、そういう状況だったンですけど。


最近、面白い体験をして、……わたしはブランドとか、全く何にも分からないンですよ。それが、こぶ平さんの正蔵兄さんが、よく、

「自分は、キャサリンハムネットだか、何かを着て……」

ってぇ話をして、キャサリンハムネットが何だか、分からない。ハムネットって言っ

たら、シェイクスピアだし、キャサリンって言ったら、キャサリン・ヘップバーンだし(笑)、「う、うん。何?」ってのがわたしなんですね(笑)。

タケオキクチがどうのこうの。昇太兄さんが、「俺はタケオキクチだよ」って。ところで、タケオキクチって何だい? そんなに偉いのか? キクチタケオを逆さにしただけじゃねえか(笑)。何かそんなんで、全くブランドには興味も無ければ、何にも無い。そしたら、あのう、……エルメス。エルメスぐらいは、知ってますけど。エルメスで、落語を演ってくれっていう依頼が来たンですね。

わたしはエルメスがどのくらい偉いのかも、分からないンです。エルメスの仕事とかかわりのある……出版が主なんでしょうけど、編集長クラスが、金沢の料亭に二百人弱ぐらい集まる。で、昼間から夜まで、いろんな芸能を見せて、で、酒飲んで、まぁ、接待するンですね。それで詩人の朗読があったり、デーモン小暮が来て歌を歌ったり、それからあと芸者の踊りがあったりする。その全ての芸能の一番おしまいに、

「志らくさん、落語を一席演ってくれ」(笑)

と言われた。で、タイトルが〝エルメス寄席〟なんて言って、エルメスも、寄席が下に付くと、何だかエルメスが喫茶店に見えてきますね(爆笑)。エルメス寄席なんて。で、来てるお客さんは、落語会があるということも、知らない。だから当然、立川志ら

くが出演することも、知らない。これは、もう、あたしゃ気が小っちゃいンで、嫌で嫌で。もう、デーモン小暮だとか、有名な人が出て、お客は酒飲んで大騒ぎして、それでその一番おしまい、夜九時過ぎだった言うんですよ。エルメスの中に、わたしを好きな人がいたンで呼んでくれたンでしょうけど、わたしは出辛い。最初っから、「立川志らくが出ますよ」って言ったら、客のほうもある程度諦めて、「ああ、今日は落語がある」って気持ちになるのに、何にも知らない状態で、酒飲んで、いろんなものを昼から散々見て、で、おしまいに、「とりあえず、こちらの大広間に来てください」って、テケテンテンテンテンってわたしが出て来たら（笑）、もう、客は怒るンじゃないかなっと思ってね。もう、嫌で嫌でしょうがなくて、出る前が。で、ウチの弟子が出てって、めくりをめくって、「エルメス寄席」って、バァーっとそれだけで、客は笑っている訳ですよ。

「エルメスの下に、寄席だってさぁ。アッハッハッハ」

って笑って、で、「志らく」ってかえすと、客が「ぶわぁー」っと、もの凄い盛り上がって、わたしが出てっただけで、客が、ピーピーピーって、凄え盛り上がって（笑）、いつからそんなに人気者になったンだろう（笑）？　……要は、酒の力ですね。皆、ヤケクソになっていろんなものを見てるから、

「うわぁー、志らくだ！　志らくだ、うわぁー！」

って盛り上がっている。で、当初は、そこで何の落語を演るのかって、打合をしたときに、向こうが、

「なるべくエルメスに関係のある落語を」（笑）

って、そんな落語ある訳が無い（爆笑）。わたしは新作派じゃないですから。古典落語三百席の中で、エルメスが出てくる落語は一切無いですね。

で、普通だったら、ブランドで『浜野矩随《はまののりゆき》』なんて噺があるンで、『浜野矩随』ってのは、何かこう作る訳ですよ、刀の柄に付ける腰元彫りを作る。これの出来損ないの息子が、いずれ父親を超えて行くっていう噺なんだけど、従来の（五代目）圓楽師匠の形で演ると、ブランドの話と何となくつながる部分があるンです。だけど、わたしはこれを否定して、「ブランドなんてのは、ダメだ」みたいな演じ方をしてますから、それをエルメスの関係者の前でもって、「ブランドなんて、碌《ろく》なもんじゃありませんよ」というのをテーマにして、落語を語って、で、おっかさんが自殺しちゃうなんて（笑）、そんな陰気な噺を夜九時過ぎに演るなんていうのは、喧嘩を売っているようなものですから（笑）。

そしたら、向こうが、エルメスの初代の会長が、最初にこのエルメスを作ったときに、記念にセーヌ川でもって、花火を打ち上げた。「花火の噺をしてください」と言うんで、シネマ落語の『玉屋』という「天国から来たチャンピオン」という噺がありますン

で、「じゃあ、それを演りましょう」ってことになって演ったンです。で、お客はお酒も入っているし、陽気なんで、「うわぁー」ってイイ感じで聴いてくれていたンですけど、ずぅーっと前のほうで、喋っている客が居る。ペチャクチャペチャクチャ、こっちは気になって、わたしは近眼なんで、コンタクトを入れていませんから、なんか嫌なんです、ずっと喋っていて。で、客イジリするタイプじゃありませんから、話しかけるわけにも行かず気にしながら見てたならば、エルメスですから、フランスの関係者がいるンです。フランス人なんですね。で、フランスの大使かなんかが居て、通訳の人がずぅーっと説明している訳ですよ（笑）。

「今出てきましたのが、落語でございまして、あの志らくと言ったって、決して大統領とは関係ありません」って（爆笑）、多分言っているンでしょう。「なんの断りもなしに、勝手にこの人は継いじゃったンです」――みたいなことを、きっと、こう、言っていて、で、わたしが花火の説明をしていると、花火の説明をずっとやってる訳ですよ。で、いや、勝手に通訳してろぃと思って。で、落語に入ったら、当然通訳なんか出来る筈が無い。で、ポンポンポンポンポン噺を進めて、ひょいと見たら、もう、通訳する人、諦めてましたね（笑）。落語なんか到底通訳出来ない。

一所懸命フランスの人に説明をしていて、で、終ってからどうやら筋がわからなかったンで、通訳の人があらためて、今日の『玉屋』という噺はこうですよって、全部パァーッて教えてあげたみたいですけど。

でも、お客さんは、わたしの話芸でもって、まあ、『玉屋』という噺はわたしが演り慣れている噺ですから、よく笑って、ちょっとほろっとした感動があったかも知れません。フランスのその大使は、通訳が言っている訳ですから、通訳の話芸はどうやったってわたしの話芸の上を行く訳が無いンです（笑）。ですから、そのフランスの大使も、「ふ〜ん、そんな噺」みたいな感じで凄くわたしを下に見るような——帰りがけにそんな目線を感じました（笑）。

でも、まあ、エルメスと知り合いになれて、エルメスの社長もわざわざ挨拶に来てくれた。帰りの飛行機も、エルメスの社長が直ぐ側で、向こうから「ああ、志らくさん」なんて言ってくれて、もう、わたしは、

「おれはエルメスと知り合いだ」

みたいな（笑）。落語家って、そういう感じのそそっかしいところがありますから（笑）。もう、何が来たって怖くない。エルメスといったら、この世界のトップだろうと、もう、他のブランドなんぞ、屁みてえなもんだ——みたいな感じになって、たまたまウチのかみさんの誕生日が近かったンで、

「よし。何かブランドを買ってやろうか」

なんてぇ気になって。で、まあ、エルメスにいきなり行くのもアレだし、高そうだから、

「じゃあ、あのう、原宿辺りに」

原宿なんてのは、わたしにとっては、きっと田舎者の町というのが、刷り込まれてますから。あの竹下通りなんて、小っちゃい埼玉県の子供みたいな、ピグミー族みたいのが一杯いる（笑）。そんな感じの町じゃないですか？　完全に見下している訳ですよ。

だから、原宿ぐらいだったら、別に驚きゃしない。こっちはエルメスと知り合いなんだからって言って、どっかにブランド屋はないかしら？　と、こう探したならば、一軒。ブルガリなんて、看板が出てる（笑）。……ブルガリ？　何かどっかで聞いたことがあるなぁ。でも、ブルガリは幾ら有名と言ったって、エルメスよりかはずっと下だろう（笑）。よし、ここで買ってやろうと、堂々と肩で風切って入って、一階からエスカレーターがあって、ふと見たら、いきなり二階に行くのもアレだし、一階から探ってやろうと、ドアを開けようと思っても、全然開かない。自動ドアだろうと、幾ら、こう、踏んでも。今、自動ドアって言っても、スイッチを押して開ける。あれは自動ドアじゃないですよ、あれは押しボタンですよ（笑）。それも、無い。

「あれ、どうなっているのかな？　あれぇ、引き戸かな？　引き戸の訳がないな。何だろ

って、ガチャガチャやったら、警備員が飛んできて、「そこは、ショーウインドウです」（笑）
「ああ、ショーウインドウ」（爆笑）

今のオシャレな店はよく分からないンです。ショーウインドウなのか、何か（笑）。これが西友だとか、ピーコックだったら、あきらかに分かるのに（爆笑）。非常に微妙に作ってる。

もう、いきなり「こっちです！」って、警備員に連れられた。で、入って見たら、もう、皆、桁が違う。皆、ウン十万円で。鞄なんか、四十五万円とか五十万円。こんな同じような鞄、ねえ。それこそ、忠実屋に行ったら三千五百円で買えるのになぁって（爆笑）。こんなものに、四十万円も出して、馬鹿だなぁって思って。それで、「ブレスレットが欲しい」ってかみさんが言ってたから、ブレスレットを捜して。わたしの中では、ブレスレットと言うのは、手錠みたいなガシャっていうのが（笑）、イメージなんだけど、
「ブレスレット、ありますか？」

って見たら、凄く薄い首にかけるような……、ああ、これがブレスレットなんだ。それで、値段見たら、そこそこ安いのがあるンだよ。一万五千円とか、二万円とか、三万円ぐ

らいの。

「じゃあ、まぁまぁまぁ、こんなのを一つ下さい」

なんて言って。で、買ったンですね。お金払って、領収書を見たら、そこにシャネルって書いてあるンです。驚いて。

「お宅は、……ブルガリ？」

「ブルガリは二階で、ウチはシャネルです」

「うわぁっ！」（笑）

もうシャネルとなると、わたしの中では、マリリン・モンローが、

「貴女のネグリジェは？」

と、訊《き》かれて、

「シャネルの五番よ」（香水だけで、全裸で寝てるの意味）

という、そのエピソードがありますから、もの凄いブランドに入っちゃったという感じで。帰りのときなんか、洋画に出てくる日本人みたいになって、

「アッハッハ、ドウモ、ドウモ、どうもすみません」（爆笑）

もの凄いペコペコしながら出て来てね。で、ウチに帰って、かみさんにいろいろ訊いて、落語家をブランドに例えてくれと（笑）。わたしも、落語家を乗り物に例えたことが

ありますから。

立川談志が新幹線で、志ん朝師匠がブルートレインで、小さん師匠がＳＬの機関車だと。それで、あとの凡百の落語家が、駕籠屋《かごや》。で、中途半端な新作を演る奴が、人力車《じんりきしゃ》だと（笑）。

だから、新幹線が駕籠屋に向かって、

「（談志の口調）もっと早く走れ！」

って言ったたって、これは無理な話だ――みたいな、我ながらイイ例えだなぁと思って。

柳家小里《こり》ん師匠って人が、

「志らくって奴は、小さん師匠を機関車にしやがった！　許せねえ！　あの野郎」

って、凄く怒ってて。で、美弥って銀座の師匠の行きつけの場所で、小里ん師匠がたまたまウチの師匠とバッタリ出くわせて、飲んでて、

「談志師匠、師匠のね、弟子の志らくって奴がね、小さん師匠を機関車にしやがったンだ。殴っていいかい？」

って言ったら、

「うん。いいよ」（笑）

ウチの師匠が止めずに、「いいよ」ってえ。だから、小里ん師匠に会うと殴られてしま

うという恐怖があるンでございますが（笑）。

以前、ＪＡＬかなんかの落語会で、わたしがトリで、小里ん師匠が仲《なか》トリってのが、あったンですよ。それは、わたしの時間の都合で、本来は格から言って、小里ん師匠がトリで、わたしが仲トリなのに、わたしの仕事のせいで、わたしがトリで、小里ん師匠が仲トリ。唯でさえ、「殴ってやる」と言うのに、自分が仲トリになったら、これはもの凄く腹が立つじゃないですか？　わたし、「嫌だなぁ」と思って、「行きたくないなぁ」と思って、フッと会場に入ったら、モニターでもって小里ん師匠が喋っているンです。ずっと、モニターで聴いていて、小里ん師匠が終って、小里ん師匠がファーっと帰っていくのを見てから、ゆっくり楽屋に入りました（笑）。そんな、気の小さいところがあるンですけど（笑）。何の話しているのか、分かんなくなっちゃった（笑）。

乗り物に例えた落語家を、ブランド品に例えると何だ？　って、ウチのかみさんに言った。

エルメスは最高級だし、それで、もの凄く濃い信者みたいなお客がいるから、これが家元、談志だと。

それから、ルイ・ヴィトンは、これぞ文句なし、最高のブランド。だから、ルイ・ヴィトンは、志ん朝師匠だ。

で、シャネルは、誰彼も愛されている圓楽師匠だと。「おれ、圓楽師匠でビビッちゃったンだ」みたいな（爆笑）。

それで、ブルガリは何だか分からないと言うけど、わたしのカンからすると、ブルガリは、おそらく小朝師匠のような感じがするンですね。

だから、わたしは立川談志は恐ろしいから、小朝師匠を攻めようと思って行ったら、圓楽師匠でビビッたと（爆笑）、そういう体験をした。

ちなみに、プラダは昇太兄さん。一時、ガァーンといったけど、今は、まあ、こんな感じ？　って、言ってましたね（笑）。

じゃあ、志らく。「俺は何だ」って言ったら、

「ユニクロ」

って言われました（爆笑）。まあまあ、ユニクロで十分かなぁと、そんな感じがしますが。

でも、芸人てのは、自分がブランドになれば、そりゃそうですわね、マリリン・モンロー、オードリー・ヘップバーンだとか、グレース・ケリーが持ってりゃぁ、忠実屋の三千五百円のバッグを持ってても、グレース・ケリーが持ってれば、これはケリーバッグに見える訳で。

そりゃあ、もう、下品な奴が何百万のモノを持っていれば、そうは見えないという、ブランドだけが輝いてしまう、そんな感じがしますが。

女性にとって、最高のブランドは、主人、亭主ってことになるンでしょうけど、これが良いブランドだったならば、生涯幸せだけど、これが、錆付いてしまっていると、もう、どうにもならない。

え～、昔のお噺で、男と女が往来で話をしているだけで、「不道徳だ」と言われて、また、夜が、今と違って真っ暗な、そんな時代のお噺でございますが……。

わたしは随分働き者です

二〇一一年八月九日　『志らくのピン』　伝承ホール
『井戸の茶碗』のまくら

今年の大きなイベントは、年末に師匠の談志がずっと演《や》っていました、今年はおそらく演らないでしょうけど、銀座のよみうりホールで、わたしも独演会は去年演りましたが、十二月暮れに、そこで、おそらく『芝浜《しばはま》』を演るようになるでしょうね。

談志が毎年暮れに大きい会場で、『芝浜』を演る。それが定例化でございますから、わたしも、……ただ談志のレベルには当然達していない訳ですから、毎年演るとお客が飽きてしまいますので、二年に一遍とか三年に一遍とかに、必ず暮れに演ると思ってます。で、今考えているのは、談志が死んだらば……（笑）、談志のモノマネで一席演ることがわたしは出来るのでございます（笑）。これがねえ、きっと、談春兄さんや、志の輔兄さんは談志の真似が下手だから出来ないですけど（笑）、そっくりに出来ますね。これを死んだ後に演ろうかな（笑）。

三平師匠が亡くなったときに寄席で、録音が残っていますけど、談志が出て来て、出囃子は「祭囃子」、チャカチャンチャンチャンチャンチャン、スッテンテレンテテンテン、ドンドン、チャカチャンチャンチャンチャンチャン、スッテンテレンテンテンテン、ドンドン、って、ウチの師匠が飛び出してきて、三平のモノマネで漫談を演って、

「いやぁ〜、どうもすみません」

って。それで客は、死んだ直後だからびっくりして、だけどそれがあまりにも似てるから、どんどんどんどん笑いが起きて、最後は客のほうは、泣きながら笑っている。で、これが全部終わったときに、談志が、

「じゃあ、お客さん一緒に、天国にいる三平に声をかけましょう。せーの、三平!」

って、皆で唱和したという……、「随分小粋な真似をするなぁ」っていうのがございました（笑）。

それと同じように（爆笑・拍手）、「木賊刈り《とくさが》」が流れて、「（談志の口調で）ううう〜」って出て来て（笑）。お辞儀も、馬鹿っ丁寧にして（笑）、同じように『芝浜』を演って、

「百八つ……ううう」

「ひゃ、百八つ……ううう」

「ベロベロに、なっちゃえ」

なんていうのを（笑）、演ろうかなと……、そういうのを楽しみ、……楽しみにしちゃいけません（爆笑・拍手）。そんなこと言って、わたしのほうが先に死んじゃったら、何にもなりません。

まあ、年末にそんなイベントが、あります（笑）。……いや、違う、そのイベントは違います（笑）。『芝浜』を演ろうというイベントがある。

え〜、女が三人寄ると、「かしましい」ということは言いますが……、「かしまし娘」って言うと、この間、どこへ行ったときだったかなぁ、鹿児島かなんかに独演会に行ったときに、ホテルに泊まって、明くる朝、新聞社に連れられて、桜島やなんか観光に行こう。で、ロビーに降りてったらば、ロビーに立川企画の、ウチの師匠の弟の社長がいて、で、そこにお婆さんがいて、話をしているンですね。で、わたしが、

「お早うございます」

って、こう言ったら、社長が、

「志らく、この方、誰だか、分かる？」

って言うから。「かしまし娘」の正司歌江《しょうじうたえ》さんにそっくりなんですね。ただ、いきなり、

「かしまし娘に似た方ですね」（笑）

って言うのは、失礼じゃないですか（笑）？　普通に楽しそうに会話してるから、「ああ、師匠のお客さんか、そういう方なんだな」と思って、

「いやぁ、ちょっと分からないンですけど」

って言ったら、そのお婆さんが、

「まぁねぇ、志らくさん、お若いからねえ。『かしまし娘』なんか、知らないでしょう？」

って、その本人なんですよ（笑）。

「ややや、あ、そうですか！　ど、どうも、すみません。まさかここにいらっしゃるとは思わない。それにねえ、ずっと似てるなぁと思ったけど、まさかねえ、

『かしまし娘の正司歌江に似てます』

とは失礼で言えない」

って、訳の分からない（爆笑）。余計失礼じゃないですか、それなら（笑）。しくじったなぁと思ったら、ニコニコ笑ってくださってました。実は、ワハハ本舗に、お師匠さんはお入りになったそうです。ワハハに入ったときは、何にも知らずに入って、稽古を見てぶったまげて、みんなオチンチンぶら下げて、裸で踊ってる（笑）。

「うわぁー、エライところに入っちゃった。直ぐに辞める」

と思って、たまたま街中を歩いていたら、知らないおばさんが通りがかりに、

「ああ、歌江さん。ワハハに入ったンだって？　良い所に入ったわね」

って、言われて。で、いろんな人に訊いても、とっても評判がいいンで、「あ、これは何かあるに違いない」と思って残ったならば、その本当にくだらない、皆、裸になって訳の分かんないことを演ったり、靴下丸めて口に放り込んだり（笑）、それを命懸けで演ってる。その姿に、段々段々感動するようになって、今はもう、生きがいになった。——そういうふうに仰ってましたね。で、

「志らくさん、差し上げたいものがあるから、ちょっとこっちへおいで」

って、ホテルの部屋へ連れてかれて、手拭をもらったンですが、「フライデー」とかに盗撮されていたなら、

「志らく、何十歳差の恋」（爆笑）

ホテルに入って行くンですからね。「かしまし娘」もエライことになるなと思いました。そんな話はどうでもよくて（笑）。三人寄れば、かしましい（笑）。それで、今、思い出したことを喋っただけのことですから（笑）。

え〜、この噺は、正直者が三人揃うと、まあ美談ちゃぁ美談なんですけど、こらぁ過去の名人たちが寄ってたかって美談にしただけで、美談じゃないですね。三人正直が揃うと

話がまとまらない（笑）。訳が分かんなくなる（笑）。……正直者は、とってもイイことですよ。正直者はいいンですけど、自分が正直だってのを、売りにしている人間ほど性質《たち》の悪いものはございませんから、そういう正直者が三人揃って、訳が分かんなくなるという、そんなお噺で……。

立川談志、最期の言葉

二〇一一年十二月十三日　『志らくのピン』伝承ホール
『庖丁』のまくら

家元が亡くなったのが、ちょうど前回の「志らくのピン」の日の昼間だったンですね。立川談志が死んで、わたしは、現代落語の崩壊した日が、十一月二十一日だと、そんなふうに思っております。現代の落語は、立川談志が拵《こさ》えたようなものです。古典落語を語る人ってのは、余計なまくらをふらずに、決まった古典のその噺のまくらをふってスッと入るってぇのが、決め事みたいな、お約束だったンですけど、新作落語の人が、まあ、時事漫談的なことをするのを、古典落語を演《や》っている談志が、出てきて自分の感性でそれを斬る。それを、皆、真似して、古典落語の人も普通に演るようになって、また落語も、とにかく現代人に通用させないといけないから、自分の言葉で、自分の感覚で落語を喋るンだってぇのを、拵えた人ですね。

ですから、わたしだとか志の輔兄さんなんかが、一九九〇年代あたりに、そういう形で演ってたならば、落語協会の人や何か、もう、相当悪く言われました。「立川流は、ちゃんと噺を教わってないから、落研《おちけん》みたいなものだ」と。わたしがギャグかなんかを入れて演ると、

「それ、誰に教わったの？」

って、楽屋で言われたりなんかして、

「いやあの、自分で拵えました」

「フッハッハッハ、やっぱね？　立川流は」

って、吐き捨てられたことがあったンですが、今は落語協会の今度真打になる一之輔だって、それから人気のある喬太郎だって、皆、自分の言葉で演ってますからね。落語協会の基準から言ったら、あの連中は真打にしてはいけないという（笑）、そういうことなんですけど。

何時しか、立川談志を否定していたのが、もう協会も、若手も、立川談志の直接の影響じゃないにしろ、影響を受けて皆が、自分の言葉で喋るようになった訳ですね。

ですから、それを拵えた立川談志が、もしいなかったら、落語界は全然違った形に、あのジェームズ・スチュアートの『素晴らしき哉、人生！』という映画と同じで、一人死んだが為に、美しい平和な町が、滅茶苦茶《めちゃくちゃ》な町に変わってしまうというあの映画と同じで、

談志がいなかったならば、当然、志ん朝師匠だってライバルがいない訳ですから、談志がいなくてライバルは、そしたら圓楽師匠だけになっちゃいますから（笑）、やっぱり志ん朝師匠だって、あんなふうになかなか行かなかったでしょう。小三治師匠だって、目の上のタンコブで、談志がいつも「この野郎」って押さえつけているから、屈折してああいう芸になった訳ですから（笑）。談志がいなかったら、志の輔も、談春も、志らくも生まれてない訳で、志の輔兄さんがいなかったら、『ためしてガッテン』は一体誰がやってたのか（笑）？　そういうことに、なりかねない訳で。

いろんなところに影響が及んで来る。勿論、談志がいなければ良いこともあったでしょう。小さん師匠が、ストレスをあまり感ぜず、もうちょっと長生きしたとか（笑）、そういうことがあったかも知れないでしょうけども。

やはり、立川談志がいたから、現代の落語が今日まで続いたということなんで。

まあ、現代落語は崩壊して、これからは弟子達が今の日本と同じように、復興作業に取り掛かる――ということなんですね。

まあ、ツイッターやなんかに書きましたけど、追悼報道とか、ああいういろんなのがたくさん出て、死んじゃうと、もの凄く善《い》い人になるンですね。週刊現代なんか、ウチの師匠の連載をしてたから、分かっていそうなのに、

「ミスターと言えば長嶋。師匠と言えば、談志。つまり談志は長嶋のように国民に愛されていた」

嘘だよ、そんなのは（笑）。冗談じゃない。ほとんどを敵に廻してましたからね。

瀬戸内海にサメが出るって、サメの帽子を被って行って、どれだけ叩かれたのか（笑）。そういったことを皆忘れて、もの凄く善い人になっちゃってるのが、馬鹿馬鹿しいと言えば馬鹿馬鹿しいですね。

論理分解しながら、ヤクザの口調で怒ってるから、立川談志は、始末に悪い訳ですよ。ですから、皆、触れずに触れずにいたのが、亡くなった途端に、もう、大橋巨泉さんなんか、（週刊）現代で書いて、……別にねえ、あんな悪名を売った人のことを、どうのこうの言ってもしょうがないンだけど、腹が立ちましたね。

「談志は、結局は志ん朝を超えられなかった」

別にいいですよ。超えられないと思っている分には、構わないだけど、なぜそう思ったかと言うと、「小ゑんと朝太」、大昔ですよ。五十年以上の昔、その頃の評価が、「やはり、朝太、小ゑん。志ん朝、談志という順番だった。現代でも、落語ファンに訊けば、大方その順位は変わっていないだろう」

と。何にもこの間、聴いてないンですよ、あの人。立川談志の会に来たことは無いです

からね。それが五十年以上前の印象だけで決めて、更に、

「立川談志の落語が悪いのは、知が出る。それが見える。志ん朝の場合は、それが見えないから、気持ちよく江戸の時代に誘ってくれる。だから、志ん朝の落語のほうがいいンだ」

現代の落語を全く理解していないですね。現代の落語は、もう、みんな、〝個〟ですから、〝知〟を出す落語家のところに、皆、足を運ぶ訳で。たまにそれだけだと喧《やかま》しいンで、

「じゃあ、たまには市馬《いちば》さんでも聴こうか？」

「いいねぇ」

みたいな(笑)、ところなんです。「三三《さんざ》でも、聴こうか？」というようなもんでしょう。だから、現代はやっぱり〝知〟の部分が無い落語家はダメなのに、それが分かってない。

更に、ビートたけしに「談志は、どうだ？」と訊いたら、

「『あの人は、学歴コンプレックスの塊だ』――なんとなく分かったような気がする」

なんて言う、どこ目線で言っているのかなぁと思って、もう、非常に腹が立ちましたね。

あと、中野翠《みどり》という中途半端な知名度のオバサンが(笑)、自分のコラムで、

「立川談志は演者と言うよりも、むしろ評者として、評論家として優れていた」

と、断言してるンですね。「優れていたと思う」なら、いいンですよ、感想ならば。各々何を思ったって勝手なんです。それを断言しているあたりが、凄いですね。聴いてもいないのに、ですからそこら辺の人ってのは、……そんなに怒ることは無いンですけどね(笑)。段々段々、そういうの読んでいると、腹が立って来るンです。

わたしは、弟子が銀座の美弥に集まったときに、例の一連のエピソードのときにはいなかったンですね。八月に一門の集まりがある。まあ、夏のご挨拶。普段は師匠の元に行って、皆でお酒を飲むンですけど、今年は師匠は病気だから、来れないから弟子だけで集まろうと、銀座の美弥に集まることになった。

わたしは自分の演劇を演《や》っている稽古の真っ最中だったンで、「まあ、師匠が来なけりゃ、いったってしょうがねえや」ってのがあったンで、稽古を休んでまで行く必要は無いと思って、役者として出演をしていた先輩の談四楼師匠が、

「俺がちゃんと皆に言い訳しとくから」

って言って、行ってくれた。そうしたら、談志が病院から、「弟子に会いたい」って言って、担がれて来たンですね。

それで、そのときの最期の言葉。もう、声帯取っちゃってますから、声が出ない。もう、弟子が、皆、集まっているところで、「言いたいことがある」と。それで、紙と鉛筆

を出して、……もう、弟子達が、皆、「……師匠の言葉は、何だろう？」って、緊張して見てたら、

「お×んこ」

って書いたという（爆笑）。え〜、新聞やテレビでは一切言えない（笑）。皆が、ドヒャーンと、さすが立川談志だ。それを、談四楼師匠がわたしのところに電話してくれて、「『お×んこ』って書いたよ。見た目はすっかり痩せて、ボロボロなんだけど、頭は未だしっかりしてるよ。だけど、俺みたいな弟子が家元に会えて、家元が一番好きな志らくが会えないのは、本当に申し訳ない」

なんて、訳が分かんない様な慰めを言ってくれて、で、

「お見舞いに行ったほうがいいンじゃないの？」

って、談四楼師匠が言ってくれた。「お見舞いは一切禁止」という御触れが出ていたンですけど、まあ、だめもとで、師匠の倅さんのところに電話したらば、「じゃあ、パパに訊いてみるよ」と。そしたら、師匠が「別に来たって、いいよ」って言うんで、九月の十九日に、わたしは日本医大にお見舞いに行ったンですね。

そのときに、何かやっぱり御見舞いの品を持って行かないと、幾ら師弟でも手ぶらで行くのは、申し訳ない。でも、何にも食べられない、その八ヶ月間、一切御飯は食べていな

いと言うンです。師匠はステーキが好きだから、米沢牛のステーキを持って行けば、これは嫌味になっちゃいますから、「何かねえかな」って思いついたのが、ビン・ラディンがプリントされているトイレットペーパー、わたしが持っているので（笑）。ニューヨークに旅行に行ったときに、雑貨屋で9・11の直後に売りだして奴。「皆、これでもって、ビン・ラディンの顔で、ケツを拭いちまえ」というアメリカ人のブラック・ジョークですね。それをいつか師匠にあげようと、ずっと持っていたので、「あ！　これがいいやぁ」っと思って、師匠のところに持って行って、師匠がずっと寝てたンですけど、わたしが来たら、わざわざ、ベッドを起こしてくれて、それで、

「師匠、何にもないンで、あのビン・ラディンのトイレットペーパーで、おケツを拭いて下さい」

って言ったら、

「ぅぅぅぅん」

って嬉しそうな、……もう笑う元気もないから（笑）、ううんと頷いてくれて。で、何か言いたいことがある、と。で、紙と鉛筆ですよね。で、書いているンだけど、もう、字がほとんど読めないですね。普段でも読めないような字が、尚更読めない。「何て書いてあるンだろうなぁ」って思って、「人」っていう字だけは、分かったから、

「人が、どうしました？」

って訊いたら、イライラしてる。人、人、なんだろう？　ジン、ジン、人生、楽ありゃ苦もあるさ、それじゃあ、水戸黄門なんで（笑）。あっ！　そうだよ。

「人生、こんなもんだ……ですか？」

って訊いたら、小さく頷いてくれて。皆は「お×んこ」なんて言葉をもらったけど（笑）、わたしだけは、「人生こんなもんだ」という（爆笑）、いい言葉をもらったなぁぁぁ（爆笑・拍手）。なんて、喜んで。

で、あんまり長居をしちゃいけないから、

「師匠、この辺で、わたしは帰ります」

で、師匠の目を見たときに、わたしゃぁ心の中で、

「師匠、大丈夫ですから、落語はわたしがついてますから」（笑）

って、わたしが居るから大丈夫だってことを師匠に伝えて、と言うのは、師匠は志ん朝師匠が死んだときに、「落語の灯が消えた」と方々のメディアで言われて、「冗談じゃねえ、未だ俺が居るじゃねえか、この野郎！」って怒ったエピソードを思い出したンで、「大丈夫です。談志が死んでも、わたしが居ますから」って、心で思って、目で訴えて、……直接言うと、「馬鹿野郎！」って言われるといけないから（爆笑）。

それをツイッターで書いたらば、皆、誉めてくれるかと思ったら、「力もないくせに」って(爆笑)、もう、いいじゃねえか！　力ないことは分かってるけど、おれの気持ちなんだ(笑)。

で、それを師匠に伝えて、「大丈夫ですから、任せておいてください」。それで、帰ろうとしたら、師匠が何か言おうとしているンですね。えっ？　っと思って、息子さんも、

「パパ、何？　何？」

って言っても、分からないンです。わたしが反射的に、

「あっ、『電気、消せ』ですか？」

って訊いたら、うんと頷いてくれた。だから、せっかく「人生、こんなもんだ」というのが最期の言葉のつもりだったのが、「電気、消せ」が最期になってしまいました(爆笑・拍手)。

だけども、考えてみると、師弟と言うのはそういうものなんですね。入門したときに、右も左も分からない。立川談志は、もう、ポンポンポンポン喋って、怒鳴り散らしますから、もう、何にも分からない。こっちは唯、脅えるだけで。

「(談志の口調)馬鹿野郎、この野郎！　早く、あれを持って来い。早く、早く持って来い！」

「あ、は、は、分かりました。はい、はい、はい」

って、方々捜していると、

「お前、何を持って来いって言ったか、分かってンのか？」

「いや、分かりません」（笑）

「分からねえで、リアクションするな！　この馬鹿野郎！」

「はい」（笑）

「耳かきだぁ！」

「あああ」

って、もう、もう、訳が分からない。もう、そんなような、全然師匠の言っていることが、もう、分かんないですね。それが、二十六年経って、最期の最期に、「あっ、電気、消せですか？」って、ポーンと出るあたりが、最期は、結局は、師弟なんだなぁと。ですから、「人生、こんなもんだ」よりも、「電気、消せ」のほうが、いい言葉だなぁという、まあ、ちょっとした美談でございますね（爆笑）。

まあ、そんなことがあって、で、先月「志らくのピン」のあるとき、昼間、落語の稽古をしてたら、なんとなく落ち着かないので、師匠の息子さんとこにもう一編電話をして、「居ても立っても居られないので、ちょっとお見舞いに行きたいンですけど」

って言ったときには、もう、亡くなって二時間経ってた。それが、返事がないから、「どうしたんだろうな」っと思って、夜寝てたらば、師匠が夢に出てきて、もう、元気良く喋っているンですね、スーツ姿で。わたしは楽屋で着物を着て、談志の次に出番だと。普段わたしは、弟子に怒鳴ったり怒ったりそれほどしないのが、怒鳴り散らしてる。「この野郎！　馬鹿野郎！　帯が無えじゃねえか！　らく次、この野郎、何してやがんだ！　この野郎！」

とか言って。何で、おれはこんなに怒ってンだろうなぁ？

「今度は、帯持って来ても、足袋《たび》が無えぞ、この野郎！　おれは原始人じゃねえンだから、裸足で出る訳にいかねぇんだぁ！」（笑）

って、自分が立川談志のような怒り方をしてるという、妙な夢を見て、朝起きた時に、「ああ、これは……きっと、死んじゃったな」

って、自分でそういう思いがありましたね。ですから、亡くなったってぇ報道が出たときに、弟子達は皆、「デマだ。デマだ」と。ちょうど、二ヶ月前ぐらいにも、「談志が死んだ」というデマが、いっせいに流れて、一門の連絡網でもって、「そういうデマが流れていますけど、これは本当にデマですから」というのが回ってきたので、弟子達は、いっせいに「デマだ。また、ガセネタだ」と言ったけど、わたしは、「あああ、これは本当だな」っていうのが、分かった。

それで仙台にいたのですが、次の日に高田文夫先生が追悼番組を『ビバリー昼ズ』でやるから、

「志らく、来いよ」

って言うから、わたしは、

「はい、わかりました」

「談春も呼んでるから」

「ああ、そうですか」

って、談春兄さんと二人だったら、心強いなって思って。一人で行って、めそめそしてると情けないので、談春兄さんがいれば、二人で何かガヤガヤしながら番組が出来るなぁと思って。朝早く起きて、新幹線に乗って、有楽町のニッポン放送に行ったらば、談春兄さんがいないンですよ。

「談春兄さんは？」

「うん、来ないンだよ」

高田先生が言う。

「仕事ですか？」

「ううん、談春の来ない理由がね、『心の整理がつかねぇ』って」(笑)

訳が分からない。高田先生、怒り狂ってましたね(笑)。本気で怒ってました。

「あの野郎、冗談じゃねえ」

終ってから、御飯食べに行っても、ずぅーっと、その話題で一時間ぐらい、怒ってましたから(笑)。

「『心の整理がつかねぇ』って、乙女《おとめ》か? あいつは(笑)? ったく! 俺とか、志らくとか、志の輔にしても、何にしても、皆、こうやって、賑やかに楽しく家元をおくるのに、『心の整理がつかねぇ』って、一番人相が悪いくせしやがって、この野郎」(爆笑・拍手)

で、また数日たったら、高田先生から、そういう情報が入って来て。高田先生が、夜、NHKのさだまさしの生放送を観てたンだそうで、それで、いろんなリクエストにお応えして、そうしたら、さだまさしさんが、

「落語家の立川談春から、リクエストが来てます。『虹』を歌って欲しい。えっ? 談春、何で『虹』なの?」

って言ったら、

「ええ、ここ数年間の談志が、僕にとっては、この『虹』の歌、そのものなんですよ」

（笑）

それをまた高田先生が観ちゃったから、

「あいつ未だ、心の整理がついてない（爆笑）。冗談じゃねえや」

って、それに立川談志のイメージが、『虹』ってことはないですわね。立川談志のイメージは、そりゃぁ、三橋美智也ですよ。『月の峠路』だとか、『あの娘が泣いてる波止場』。そんな三橋美智也や岡晴夫が好きな人にとっては、んなぁ、さだまさしを歌ったら、師匠は裸足で駆け出しちゃいますからね。

まあ、談春兄さんの心の整理は、未だ、ついてないンでしょうね（爆笑）。今度、TBSでも追悼番組があって、わたしと志の輔兄さんが、インタビューに答えるンですけど、そのディレクターが昔からの友達なんで。で、

「談春兄さんに、声かけなかったの？」

って訊《き》いたら、

「いや、いや、声かけたけど、断られちゃったンですよ」

「……心の整理がつかないから？」

「何で知ってるンですか？」（爆笑・拍手）

方々で、そうやって仕事をキャンセルしているそうで、ございますけど。

今日も何か新聞のインタビュー記事で立川談志のことを問われて、
「談志は道化でございました」
だなんて、何か難しい、意味の分かんないことを言ってましたね。師匠はピエロだった
みたいな、分かったような、分かんないような、ことを……、いつまで談春兄さんの悪口
を言ってるんだろう（笑）。ええ、まあ、そんなような状況でございます。
まあ、今日、二席。一席目は、『庖丁』という落語を申し上げますが、これは談春兄さ
んの、今言った兄弟子の十八番《おはこ》、談志が、「俺よか上手いぞ」と言った十八番ですが。非
常にわたしにも思い入れが強くて、二つ目に昇進した昭和六十三年、わたしと、談春兄
さんと、死んだ文都、のらく、この四人で、有楽町のマリオンで披露目《ひろめ》を……、だから、
今、二つ目って言うと、ほとんどパーティーをやりませんが、我々はマリオンで披露目を
やって、そして、日本閣、今、ありませんが、日本閣、東中野、あそこで三、四百人集め
て、パーティーをやりましたね。
で、当時、光ゲンジが流行っていたンで、皆でTシャツ作って、談春、志らく、文都、
のらくって書いて、ローラースケート履いて、舞台上を滑って歌を歌った。もう、盛り上
がるだけ盛り上がって、で、師匠が、
「(談志の口調) うん、うん、うん、偉え! ローラースケートを履いて、歌う。……い

いアイデアだ！」

別に我々のアイデアじゃない（爆笑）。光ゲンジのアイデアなんですけどね。

で、それだけだと、師匠が喜ばないから、

「じゃあ、師匠の好きな軍歌を歌います」

って、生バンドで、『守備兵節』というウチの師匠が大好きな小野巡の戦時歌謡を歌ったらば、日の丸をこう、締めて、談志が壇上に駆け上がって来て、わたしの肩を抱いて、四番までフルコーラスで二人で、こうやって歌って（笑）、「俺たちは戦友か？」みたいな（笑）。そんな思い出がありました。

で、有楽町のマリオンで披露目を演って、そのときにわたしも談春兄さんも、他の上の二人も、一席ずつ演って、まあ、それなりにお披露目ですから、笑いをとってたンですね。で、「いい出来だな」なんて、自分で悦に入っていたらば、最後に立川談志が出てきて、『庖丁』を一席、ピシャって演った。

結局アンケートは、「談志の『庖丁』は凄かった」（笑）、「談志の『庖丁』は良かった」（笑）、我々の客は皆立川談志に持ってかれちゃったという（笑）。そういう思い出が『庖丁』にありますね。

それから、平成七年にわたしが真打に昇進するその一年前に、真打トライアル、今は

皆、わたしの弟子でも何でも、真打トライアルなんてものをやってますが、当時はそんなシステムも無く、師匠が、

「もう、おめえ、真打になれよ」

って、こう言ったンで、

「ああ、じゃあ、自分のメモリーの為にトライアルをやりますから、師匠来てください」

「ああ、いいよ」

それで、高田文夫先生と、玉置宏先生と、吉川潮先生と、山藤章二先生、この四枚看板に、後見人になってもらって、推挙人になってもらって、客席に立川談志、師匠を座らせて、語ったのが、談志十八番の『源平盛衰記』と、『庖丁』、あとシネマ落語を一席。で、立川談志にその場で真打オーケーをもらった。そのときも、

「(談志の口調)まあまあ、落語はセコいけど、まあまあ、歌ぁそこそこね。やっぱり、三味線弾きの息子だから、歌は歌えるから、まぁまぁ、いいよ」

って言って。それで、

「踊れるのか?」

って、

「ええ、あの、踊れます」

「何、踊れるンだ？」

「まぁ、『奴さん』ぐらいなら」

「じゃあ、踊ってみろよ」

「いやぁ、三味線もテープも無いンですけど」

「いいよ、俺の口三味線《くちじゃみせん》で踊れ」

って（笑）、だから、世界中で立川談志の口三味線で『奴さん』を踊ったのは、わたしぐらいのものですからね。

立川談志が、

「♪　ツンツクツクツ」

それに合わせて、こうやって踊って、で、師匠が笑いながら、

「（談志の口調）うん、それでオーケーだ。真打、いいよ」

って言ってもらった。そのときに演った『庖丁』。

この『庖丁』ってのが、立川談志師匠自身も、もの凄く思い入れが強くて、これはもう、有名なエピソードでございますけれど、紀伊國屋で演った「談志ひとり会」。当時は古典落語を演る人が、「ひとり会」なんて独演会は、先ず演らない。何年かに一編、自分の常連さん、お馴染みさんを集めて、独演会を演るということはありましたけど、毎月毎月大

きい場所で独演会ってのは無く。名人級の人はホール落語というところに出て、凌《しの》ぎを削るってぇのが当たり前の時代に、紀伊國屋で「談志ひとり会」っていうのをはじめて、そこで若い頃の立川談志ってのは、やっぱり落語は凄いなぁと飛ぶ鳥を落す勢いの頃ですね。

そのときに、『庖丁』ってネタを、六代目圓生師匠の十八番を予告で出した。

「わぁ、圓生師匠の十八番を談志が演るのか」

って、皆、チケット買って集まったら、談志が、「どうしても難しくて出来ない」と。

それで、高座上がって、

「『庖丁』をね、演るということになっていたンだけど、難し過ぎて、出来ない」

って、客がザワザワザワ。

「その代わりにね。お詫びに本物を見せるから」

ったら、出囃子が『正札付き』にかわって、圓生師匠、昭和の名人がスゥーっと上がって来て。もう、客はザワザワザワザワ。で、

「(圓生の口調) ウフッフ、談志さんに頼まれまして、へっへっ (笑)、『庖丁』を演れなんという。これは全く、あの音曲噺なんてぇんで」

で、『庖丁』をはじめた。そういう伝説の落語なんでございますね。

ですから、わたしも、この間、にぎわい座でも演りましたが、あんまりいい出来じゃな

いンで、もう一回ここで演ろうかなと思ったけど、やっぱり、どうにも変えようがない。思い切り変えれば、談笑みたいになって、訳が分かんなくなってしまうンで（笑）。そういう変え方も出来ないンで、本当だったら、わたしも、

「やっぱ、『庖丁』は無理ですから、本物を聴かせます」

なんて言って、談春兄さんが出てきて演ったら、どれだけカッコイイのかな（爆笑）。談春兄さんにお願いすると、百万円ぐらいのギャラを請求されますから（笑）、それは無理なんで、自分で何とか申し上げますけど。

まあ、ところどころに歌が出てくるから、音曲噺と言えば、音曲噺なんでございますが……。

師匠のいない寂しさは

二〇一二年一月六日 『志らくのピン』伝承ホール
『抜け雀』のまくら

昨年末は家元が亡くなって、師匠追悼という形で演《や》る落語、演る落語、全部立川談志十八番ばっかかし演っていて、年が明けた途端に全部志ん朝師匠の落語ってのは（笑）、変な巡り会わせでございます（笑）。

年末のよみうりホールの会でも申し上げましたが、師匠が居なくなって一番は、やっぱり寂しい……、寂しいたって、普段別に、前座なら別ですけどね、年間にそんなに数は会わないンですよね。わたしは比較的師匠の会に出してもらっていたので、顔を合わせることが多かったし、それから師匠が会を演ると、仕事が無ければ必ず駆けつける。自分でそういうふうに決めていましたから、そりゃ、師匠に会いたい。恋人に会いたいのと同じ感覚です。

師弟ってのは、最初は恋人関係から、やがて親子関係に変わっていきますから……、まあ、親は大事だけど、しょっちゅう会わなくていいだろうと、盆暮れに顔だしゃいいだろうってのが、普通の親子関係ですよね。もう、五十近くなって、しょっちゅうお父さんに会いたいなんていう人は、気持ちが悪いじゃないですか（笑）。

だから、他のお弟子さんなんかは、親子関係になってしまうから師匠に会いに行かない。ですから、立川談志が去年の四月、紀伊國屋で復帰した「談志が帰ってきた夜」。あれなんか見ると、ほとんどの弟子は、やっぱり来ていないンですよね。立川談志が復活した復帰の記者会見をワイドショーで見て知ったという弟子も居るぐらいですから……。そんなようなものなので、ファンのほうがもっと敏感で。ファンは、恋人に近い感覚で会いに行きたい。わたしは結局最期の最期まで、恋人感覚だったので、ずぅーっと傍にいたいみたいな……。

だから、あんまり萎縮をしないンですね。「談志が帰ってきた夜」って、DVDを観てもらえば分かりますけれど、他の弟子は、皆、凄く萎縮してるンですよ。わたしは、師匠と、師匠の娘さんの弓子さんと、立川企画の社長の師匠の弟と三人揃って、もう、松岡家ですよ（笑）。そこの中にわたし座って、もう家族のように、普通に「ああ、そうですか？」みたいな感じで喋ってられるンですね。自分で映像を観ても、それほど緊張していない。やっぱり談春兄さんの方が、緊張してますよね。

一席終って、楽屋に入って来ると、もう二つ折れの婆みたいにお辞儀して（笑）、

「お先に勉強させていただきました」

って、わたしに向かっても、深々と挨拶してる（笑）。それで、スゥーっと行って、もう、カメラに写ってないと兄さんは思ったンでしょうけど、前座の前に来ると急に、態度がでかくなる（笑）。その辺が人間的に、わたしはとっても大好きなのです（爆笑・拍手）。わたしなんかは、人を見て変わるということが、あんまりないのでございます。だからか、

「志らくさんの周りには、いろんな偉い先生だとか、仲間が集まってくるねえ」

と、皆が不思議がるンですね。一切、ヨイショもしないし、それから会話を埋めるような、……会話が途切れてしまうと、空間恐怖症になって、嫌じゃないですか？　何か言ってないと。それをやろうとしない。黙って平気で一時間でも、二時間でも、人といられるという、そういう特異体質を持っている。

それなのに、人が集まってきて、大林（宣彦）監督だとか、嵐山（光三郎）先生だとか、二葉あき子先生なんかもそうなんですけど、そういった人に、どうして可愛がられるの？　っていう、周りが不思議がる。師匠にも……、「どうして談志師匠に、そんなに可愛がられる？」ってね。

これはだから、ヨイショをしないからなんですね。普通に同じに、自分の親、友達と分け隔てなく、そういった人と……、勿論馬鹿じゃありませんから、多少の緊張はして、礼儀は守りますけれども。そらぁねえ、大林監督に、「ヨッ！」なんてことは言わないですよ（笑）。

でも、ウチの師匠が可愛がっている若い子なんて、比較的そういった人が多かったですね。仙台にその筋で有名な人がいて、それの倅が立川談志の偉大さを知らない。だから、「談ちゃん」って呼んでいましたね（笑）。二十代の子が、

「談ちゃん、さぁー、この間聞いたンだけどさぁ。バカに有名らしいね？」（笑）

って、二十代の子が言う。普通、ウチの師匠は、「うわぁ！」って怒るかと思ってたら、

「へへっ、俺は有名なんだよ」（笑）

って、普通に話をしている。それで、そういった子を、もの凄く可愛がったりするンですね。だから、わたしの場合なんかも、それに、もしかしたら近いのかも知れませんね。

それでまあ、寂しさを紛らわせるために、まあ、紛らわせると言えばそういうことでしょうね。どうしたのかって言うと、ウチの師匠がわたしの身体に、「降りてくるンだ」って自分で決めちゃったンですね。

だから、立川談志ぐらいになれば、おそらく極楽では断られるだろう、と（笑）。で、

地獄へ行ってもきっと嫌がられるだろう、と。地獄で閻魔大王に向かって理屈を言いそうですから。だから、行く場所が無い。お墓にだって入れてもらえない。「雲黒斎《うんこくさい》」って戒名、勝手につけちゃったから、寺のほうじゃ、「戒名、勝手につけられちゃったら金取れねえじゃねえか」って、どこの寺に行っても断られてしまう訳で、成仏出来ない。

ならば、ずっと居てください。それで、わたしの身体をお貸ししますから、たまに入って来て落語を語ってください。そうすりゃ、『白井権八《ごんぱち》』だとか『慶安太平記』だとか、ああいう、わたしが出来ないような、ああいう言いたてがあると噛んじゃうような、そういうのも、もしかしたら出来るようになるかも知れないじゃないですか（笑）？　すると師匠が、

「もう、ああいうの飽きちゃったね」

って言うなら、

「それじゃあ、イリュージョン落語を演ってください」

なんて、

「おう、いいよ」

なんて言ってくれて。

「まさか、談春兄さんや志の輔兄さんの身体に降りて、『金玉医者』とか演る訳にはいか

ないですよね？」

「確かにそうだ」

みたいな（笑）。ですから、さっきの『元犬』みたいになると、もの凄く生き生きしちゃったりしてね（笑）。もう師匠が身体に入って、楽しんで、勝手に演ってるみたいな感覚なんです。

別に本当に入っている訳じゃない。でも、自分でそう決めちゃうと、何となく寂しさも無くなるし、師匠と何時も一緒だと思える。それで落語も不完全でも、

「うぅぅ、俺のドキュメンタリーを観たと思え！」

みたいな（笑）、そういう余裕も出て来るしね（笑）。風邪ひいたときは、

「しょうがねえだろ？　人間なんだから、風邪ひくんだよ」

そういう開き直りも、平気で出来ちゃったり、そういう、すべて都合がいい状況になる。そうすると、この間も話しましたけど、いろんなインタビューする人が、

「今、談志師匠は、どんなお気持ちですか？」

って、イタコじゃないンだから（笑）。降りて来て、喋ってる訳じゃない。そう、決めたということだけのことなンでね。

まあ、ですから師匠が演らないような古今亭のネタ……、何故演らないかと言うと、昔

は噺家の数も少ないし、それから誰かの十八番《おはこ》、お家芸は遠慮するというルールがあった。『抜け雀』と言えば、志ん朝という、もう、そういう落語ファンの暗黙の了解がありましたから、ウチの師匠は、『抜け雀』なんて噺は、一切演りませんでした。志の輔兄さんなんかはね、イの一番に演って、師匠に誉められておりましたけど。

まあ、舞台は、相州小田原宿……、小田原と言うと、今は本当に地味な感じですね。観光地としても、東京からは近すぎるから、あまり観光地と言う感じもしない。昔は歩いて行きますから、日本橋から、品川、それで箱根山を超えるのが一番の難所ですから、その前の小田原で一泊しようと。これが、京大阪から来る人は、箱根の難所を超えて、もう、江戸は目と鼻の先、じゃあ、くたびれたから、この小田原で宿をとろう。ですから、東海道の中で最も栄えていた宿場町でございます。

今は新幹線は停まりますけれど、停まるったって、『こだま』でしか停まりませんから。「お城がある」って言ったって、お城なんてどこにでもありますから。「蒲鉾《かまぼこ》が旨い」って言ったって、仙台のほうが美味しいですから（笑）。なかなか、小田原の街を売るのも、難しいのかも知れませんけれど。

まあ、江戸時代は夕暮れ時になるっていうと、客引きの黄色い声で、大変に賑やかだったそうで……。

新宿モリエールの談志シート

二〇一二年二月七日　『志らくのピン』　伝承ホール
『転失気』のまくら

え～、すっかり談志バブルでございまして……。もう皆が、わたしの中に立川談志を捜そうとして、日本全国どこで独演会を演《や》っても、そういう目で見られるようになってしまって。まさか、こんな事態になるとは想像しておりませんでしたね。

「談志がわたしの身体の中に降りた」

なんてことを言うもンだから、皆、余計その気になっちゃって（笑）。

そりゃあ、まあ、志の輔兄さんの場合は、立川談志を反面教師にして、立川談志の逆をやれば現代で売れるというふうな感じで売れていった人ですから、そりゃあ談志信者は、志の輔兄さんじゃ、物足りない（笑）。

志の輔兄さんのパルコ（公演）、わたしは行ったことがないのですが、昨日今日入ったような弟子が高座に上がって『子ほめ』を演るだけで、会場は大爆笑だそうですね。談志ひとり会の場合は、真打が上がろうが、誰が上がろうが、客はクスリともしないという……、談志以外は聴かないというのが、談志ひとり会でございますから。

談春兄さんの場合は、ウチの師匠に似ているけれども、立川談志の抜け殻、抜け殻じゃない（笑）、……アクだとか、癖だとか、そういったところを、キレイに取った形が談春兄さんですから、ですから立川談志の古典落語の美学を好む昔からの談志ファンは、談春兄さんの落語が非常によろしいのでしょうけれども、「イリュージョンだぁ！」とか言っている、それが好きなお客にとっては、やっぱり談春兄さんだと物足りないンで……。

結局、わたしか（笑）、あるいは快楽亭ブラックさんのところへ行っちゃうような（笑）、そういう、そそっかしいお客さんもいますけど。まあ、そんなような状況ですね。

死んだときは衝撃だったのが、僅か四十九日が過ぎて、もう、まだ三ヶ月しか経っていないというのに、死んだのが当たり前になってしまうというのが、これがやっぱり一番寂しいものですね。そりゃもう、美空ひばりだって、石原裕次郎だって、三橋美智也だって、ジーン・ケリーだって、アステアだってね、皆、チャップリンも、ピカソも、昔は生きてた訳ですから、それが今じゃあ、死んでいるのが当たり前の人ですよね。表現が変ですけども（笑）。談志も志ん朝師匠も生きていて当たり前だったのが、死んであたり前の存在になってしまうというのが、やっぱり一番寂しいようなそんな気がいたします。

え〜、まあ、世間じゃ『芝浜』の師匠みたいな……、ウチの師匠は『芝浜』あんまり好きじゃなかったですからね。自分でも、

「ううう、嫌《や》だよ、この噺」

なんて言ってて、自分で、

「第九のようなものだから」

って言って、サービス精神で演ってた部分が、強かったですね。だから、『芝浜』の師匠じゃなくて、『金玉医者』の師匠と言ったほうが（笑）、立川談志のほうはピタッと来るンですよ。

新橋演舞場の志の輔兄さんとの親子会。志の輔兄さんのお客さんもたくさん来て、着物をお召しになった上品な奥様方もたくさん、こう、いらっしゃるところで、志の輔兄さんはお馴染みの新作落語を演って、ドッカン、ドッカン、ウケさせて、談志師匠も出てって、そこで『芝浜』だあ、『らくだ』だあ、『富久』みたいな噺を、ピシーッと演れば、

「うわぁー、この人は名人だ！」

ってなるンだけど、いきなり、

「キム・ジョンイル、マンセー！」

って叫んで（笑）、それから、

「お×んこ」

って(笑)、入ったネタが、『金玉医者』ですから、もう、新橋演舞場が凍りついてしまった(爆笑)。何にも、ウケない。で、

「ダメだ！　今日の客は！」

って、強がりを言っときながら、帰り際になると、

「こんなにウケないとは……」

って、ショボンとしてました(笑)。そんな師匠でございますねえ。

まあ、方々で喋ってますが、『芝浜』がどれだけポピュラリティーがあるかって言うと、今度山手線に四十年ぶりに新しい駅出来る、と、田町と浜松町のあそこら辺に。で、アンケートをとったら、一番が『芝浜』という駅名なんですね。

で、談志が死んでから、方々で追悼番組が放映していて、それで立川談志ってぇ言うと、落語ファンにとっては神様みたいな人ですけれど、世間のイメージは、口の悪いタレント、あるいは議員をやっていたタレントみたいな、そういうイメージしかないです。あんまり落語家っていうのが、談志と結びつかないような存在だった。それが、追悼番組で『芝浜』がたくさん流れて、

「ええっ！　この人、落語出来るのぉ？」

みたいな驚きで広がってって、それで山手線の駅も、『芝浜』が一位になった。でも、『芝浜』が駅になったら、落語ファンは楽しいでしょうけどね。

「(車内アナウンス) 次は、『芝浜』、『芝浜』。寝てる人は夢になるといけないから、起きてください」(爆笑)

落語ファンにとっては、面白いですが、最初の内だけですね。その内に落語のイメージよりも、駅のイメージのほうが強くなってします。あの高田馬場みたいな。あそこは、本来は、「たかたの馬場」なんですけれど。新宿高田《たかた》と言いますからね。落語でも講談でも映画でも、高田馬場《たかたのばば》って言い方をしますが、国鉄の駅員が地方から来た人で、高田馬場《たかだのばば》って表記をしてしまったンでしょうね。

秋葉原《あきはばら》もそうです。あれも、アキハバラじゃなくて、アキバハラですからね。秋葉っ原、江戸っ子は、アキバッハラって言い方をしていた。そばに、秋葉様《あきばさま》という神社もありますから、どう考えたって、アキハバラじゃなくて、アキバハラなんですね。これも国鉄の人が地方出身者だから(笑)、アキハバラとこう言っちゃってねえ。でも、近頃は秋葉原は略して、アキバ、アキバ系、ようやく元に戻って来たみたい感じがします(笑)。

でも、その山手線の駅が出来る前までは、高田馬場って言うと誰しもが、「ああ、決闘なんだ」と、決闘をイメージしたのに、今は、高田馬場で決闘なんて……、高田馬場の決

闘たって、
「あんな中途半端な駅前で、決闘するのぉ？」（笑）
みたいな、そういう雰囲気すらありますよね。
だから、『講談・高田馬場』なんて出したって、若い人が見たら、
「えっ……？　駅？」（笑）
って言う。タイトルを見て、駅になってしまう訳です。
『芝浜』も最初の内はイイですけど、二十年、三十年経つと、年の瀬に、演目『芝浜』って書くと、
「駅、演るの？」（笑）
と、人に言われるような、そういう日が来てしまうので、やっぱり駅の名前にはならないほうがイイかなって、そんな気もいたします。
談志追悼、もう、次から次へと追悼疲れするくらい、いろんな仕事を、みんな、便乗でも来ますし、この間、わたしはキネマ旬報の読者賞を受賞して、山本晋也監督が、
「そんなにキネ旬、たくさん読んでンの？」（笑）
って訊いて来て、
「たくさん読んだ人がもらえる賞じゃなくて」（笑）

わたしが連載をしていて、人気投票をやって、その連載コラムの中で一番になった人に、読者賞を与えるンですね。手塚（治虫）先生だとかね、淀川（長治）先生だとかが、昔、お獲りになった、そういった賞です。連載はじめて、一年目と三年目にポンポーンと賞を獲ったンですが、その後は全く十二年間、わたしは獲らなかったンですけど、それだっておそらく、談志の影響でしょうね。

立川談志が死んだって、あれだけ広がったから、じゃあ、今年あたり志らくってのが、フッと頭に浮かんで、読者が投票して、わたしが一位になった。そんな感じがしますよ。

普段テレビなんかも滅多に来ないのに、「旅番組に出てくれ」だとか、……嫌ですよ、旅番組なんて（笑）。今までに出演してたのが、八代亜紀にコロッケなんて（笑）。東北の震災後の場所を訪れて行って、それで東北の人々を励まして、最後にミニライブを演る。これは、コロッケさんが演るならば、盛り上がるでしょう。あの人が行きゃぁ、皆知ってますから、「うわぁー、コロッケが来たぁ！」って。最後には、あのディフォルメされたモノマネを演れば、うわぁって町の人は喜ぶだろうけど。

わたしを東北の落語ファン限定の場所に連れて行くというのならば、「ああ、志らくさんが来た」って、喜んでくれるけど、普通の人々のところへ行ったって、

「あなた、誰ですか？」

ってことですから（笑）。わたしが行くよか、こぶ平さんが行ったほうがよっぽど喜ぶ（笑）。だって、わたしと、三平になったいっ平と名古屋の松坂寄席っていう落語会に出て、それで新幹線のホームで二人で話をしながら待っていたら、パァーッとオジサンとオバサンが来て、

「サインしてください」

って、そのサインの相手は、いっ平ですから（笑）。わたしは、マネージャーだと思っているぐらい（笑）。落語界じゃあ、どっちのほうが偉いかってのは、分かりきったことなのに（笑）、世間の人は、

「うわぁー、うわぁー、家宝にします」

みたいな、そんな感じですよ。で、わたしがいっ平に、

「人気あンね？」

って言ったら、

「いやぁー、でも、人気よりも、落語が出来るほうが凄いですよ」

って、引っ叩いてやろうかと思いましたよ（笑）。何を言ってンだ。何であいつから、上から目線で見られなくちゃいけねえンだと（笑）。こんなに情けない思いをしたことはありません。

だから、東北の地を旅する番組ってのも、おそらく立川談志の弟子という看板を背負って行こう――というスタッフの意図なんでしょうね。

でも、立川談志の看板背負って行ったら、これは乱暴なことを言わないと収まりがつかない。雲仙普賢岳が噴火したときに、避難民の前でもって、

「噴火する上に住んでるおめえたちが、悪いンだ」

って、平気で言った師匠ですから（笑）、そりゃあ三陸沖に行って、

「そんなもの、津波が来そうな場所に住んでるのが悪いンだ」

って、わたしが言ったら、番組が「どがじゃか」になっちゃいます（笑）。え～、そんなようなもんで、次から次へと追悼だ、何だと、世間がまだまだ大騒ぎしている状況です。

この間、よみうりホールでもって、立川談志追悼公演というのが行われて、前半にわたしが落語を演って、昼は談笑、で、夜は立川談志の伝説の『芝浜』。落語のミューズが降りたと……。

娘の弓子さんが、面白いことを言ってましたね。

「立川談志、ウチのパパは、六十年近く落語を演っていて、一度だけ落語のミューズが降りた。それが二〇〇七年の『芝浜』なんです。

だけども、この間、週刊誌を読んでいたら、紅白歌合戦に出たユーミンが、

『とうとう、わたしに歌のミューズが降りてこなかった』

あの人には、のべつ降りてたンだって、びっくりしました」(爆笑)

談志は人生で一回で、松任谷由美はしょっちゅう降りて来た、大変な違いです(笑)。まあ、その映像を流すという追悼公演があって、わたしが行ってびっくりしたのは、立川談志の楽屋がちゃんと用意されているンですね。入口に、「立川談志師匠」、中に入るとウチの師匠の着物がちゃんと掛かっていて、写真が置いてあって、師匠の好きな千疋屋のミカンが置いてあって、もう死んじゃって居ないことは分かるンだけど、途端にヒューンと緊張するンですね。

で、落語演る前も、妙な汗をかくような——というのはどういうことかって言うと、立川談志が楽屋にいると、落語を聴かせる対象が客じゃなくて談志になっちゃう(笑)。弟子は全員そうなんですね。だから普段噛まないようなことも、平気で噛むような感じです。だから、楽屋を作ってくれたのは粋な計らいだけど、妙に緊張しちゃって。で、高座上がる前も、師匠は居やしないのに、楽屋に行って、

「お先でございます」

って、誰も居ない楽屋に頭下げてて、立川キウイが座っていて、

「馬鹿野郎、この野郎(笑)。何でおれが、おめえに頭下げるンだよ。そこに座ってるン

なよ」（笑）

みたいな。まあ、千人以上のお客さん、昼夜合わせて二千人以上が立川談志の映像でもいいんだという……。それを観ながら、ぼろぼろ泣いているお客さんもたくさんいらっしゃいましたけれど。

で、これは「商売になる」ってことに、遺族が気がつきましたね（爆笑・拍手）。日本全国どこへ行っても、映像を流してやりゃぁ、お客は一杯来るンだ、と。だから、これから立川談志ひとり会なんて、東京で毎月演るかも知れません（笑）。毎回、ネタ変えて映像を流すみたいな（笑）。そのうち、談志・志ん朝夢の二人会みたいなね（笑）。談志、志ん朝の映像を二つ流すようなね。そんなような商売も、今、わたしのシネマ落語じゃなくて、松竹がシネマ落語ってはじめて、正蔵師匠、圓生師匠だとか、馬生師匠の落語の映像を映画館で観ましょうってぇのがね。これが結構お客が入っているそうなんで、立川談志独演会ってのも、映像でこれから、ずっと演ることが出来るかなぁと……、そうすると、わたしも師匠としょっちゅう、親子会なんて（笑）。で、「立川談志、十八番に挑む」なんて、先にわたしが『らくだ』とか、『居残り』演って、そのあと師匠の映像を流して、あんまりウケないみたいな……（笑）。そういうような会を演ろうかだなんて、考えておりますが。

『談志のおもちゃ箱』っていう追悼公演を五月のケツから十七公演演りますが、これはやはり映像を使って、わたしが『黄金餅』の前半までを演って、後半をウチの師匠、立川談志の『黄金餅』と。それをお客さんにお観せして、そのあと後日談を演劇にして、ウチの師匠の好きな言葉だとか、映画だとか、それから音楽だとか、そんなのをふんだんに入れた芝居を、新宿のモリエールで演ります。プログラムにも書きましたけれど、最初、新宿のモリエールって汚い場所……、この場所（伝承ホール）はもの凄いキレイな場所ですけど、この半分ぐらいの、二百人も入らないような小屋なんです。それまでは池袋のシアターグリーンって場所で、同じような公演を演って、そこは結構キレイなんですけど、何で自分でこんな所に決めちゃったのか？　って思ったんです。それは師匠が、未だ、生きているときに決めたンですね。で、死んでから、ようやく謎が解けたンです。

というのが、わたしの映画だとか、それから芝居ってのを、ウチの師匠は最初の頃は応援してくれて、わたしが自主映画を作るって言ったら、もう、喜んで、

「じゃあ、俺が奉加帳《ほうがちょう》を拵《こしら》えてやっからなぁ。一万円づつ、俺の芸能人、文化人の友達から、片っ端からふんだくってやるから」

なんて言って。それで、五木ひろしの楽屋に行って、

「(談志の口調) 五木！　この野郎！　志らくが映画作るから、一万円寄こせ！」

「ああ、そうすか」

って、追い剥ぎにあったみたいに、一万円払ったり（笑）。加藤紘一の、あの政治家の赤坂のパーティーにわたしを連れて行って、加藤紘一さんが壇上で喋って降りて来たときに大きい声で、

「(談志の口調) おいおいおい！　紘一っぁん、紘一っぁん、志らく連れて来た！」

志らく（シラク）って、向こうはフランスの大統領連れて来たンじゃないかと思って（笑）、大変な騒ぎになったことがあるンですけどね。

「映画作るから、一万円やってくれ」

「ああ、そうですか」

って一万円、加藤の乱が起きる前のことでございますね。

たけしさんだとか、それから上岡龍太郎さんだとか、いろんな方から二百万円くらい師匠が集めてくれて……。で、映画観たときに、師匠が、

「ダメだこりゃ！　酷でえモン作りやがってぇ！」

って怒り狂ったンですけども（笑）。その前に、アルパチーノとジョニー・デップの『フェイク』ってぇ映画の試写会があって、それに師匠はゲストで呼ばれて、途中で、

「アルパチーノは、セコだ！」

って怒って、帰っちゃったって、皆で引き戻したっていう（笑）、全部映画を観なかったンですね。

だけど、わたしの拵えた処女作の映画は、最後まで観たンです。で、最後、壇上に上がって、

「酷え映画だ！」

って、こき下ろすから、

「でも、師匠。『フェイク』は最後まで観ずに、わたしの映画は最後まで観たってことは、わたしの映画のほうが『フェイク』より上ですか？」

って訊いたら、

「そりゃ、義理だ」

って、「義理」だと言われてしまって（爆笑）。まあ、映画は観てくれたンですけど、演劇は観たことがなくて、一回だけ向田邦子の「あ・うん」というのを演ったときに、新宿のモリエールでもって、お忍びで師匠が来てくれて、わたしが演ってる間、師匠が居るってことは一切分からず、カーテンコールのときに、

「今日は、家元がお見えですよ」

って訊いて、びっくりして。三時間近くある芝居を、最後まで立たずに、幾ら義理だろうが何だろうが。三時間はウチの師匠は我慢できませんから、普通は。それを最後まで観てくれて……。

演出家の高平哲郎先生の『雨に唄えば』っていう舞台がありました。少年隊の東山何某《なにがし》と、薬師丸ひろ子が出てる。師匠にとっては、『雨に唄えば』は宝で、高平先生とはお友達ですから、それを観に行って、怒り狂って十五分で出たンですね（笑）。そりゃあ、いくら一所懸命演ったたって、ジーン・ケリーの『雨に唄えば』、『シンギンザレイン』を日本語でもって少年隊が、

「♪　雨のぉぉぉ、中で唄ぇばぁ〜」

って、字余りで唄ってりゃ（笑）、そりゃぁまあ、怒りますよ。『グッドモーニング』ねえ、あのドナルド・オコナーと、デビー・レイノルズと、ジーン・ケリーの三人が、

「♪　グッドモーニング、グッドモーニング」

って唄えばいいのに、三人揃って、

「♪　お早う、お早う」

って、ラジオ体操の唄かって思っちゃった（笑）。そしたら、ウチの師匠が怒って出ちゃって、ロビーにいるンですね。高平先生が楽屋から飛び出して来て、

「お願いですから、これから面白くなるンですから、観てくださいよ」

って言ったら、

「(談志の口調)てめえとは、もう、絶交だ！」

って怒鳴ったンです(笑)。そういう人がわたしの芝居を最後まで観てくれて、本か何かにも書きましたけど、

「良く出来てる。誉めてやる」

っていう……。で、その一回だけなんですね。師匠が観たのは。その場所が新宿のモリエール。ということはウチの師匠は、ちょっとでも複雑な場所だとか、分からない所に会場があると、途中まで帰っちゃうンですね。地下鉄から降りて、雨が降ってただけで、

「今日は、止めた」

って、自分の独演会さえ出ずに、家へ帰っちゃう人ですから(笑)。その師匠がモリエールに一回来てくれたンで、今回談志追悼公演を演れば、これは迷わず、お化けになって来るだろうという……。それで、談志シートと言うのもありますから。それをプレミア付きで一万円ぐらいで売ろうかなぁって、思ってます(笑)。

ただ、『黄金餅』を半分づつ演るということは、わたしは全部で十七公演演りますから、『黄金餅』が半分しか出来ない男になってしまうという——そんな危惧が今からあり

ますけど（笑）。

まあ、一席目。知ったかぶりをするという……。ウチの師匠は、知らないものは知らないと、調べりゃいいのに、映画の本だとか、落語の本でも、自分の記憶だけで書いて、

「もしかしたら、間違っているかも知れない」

とか、そういう書き方で、全部正直に、自分の背丈に合った表現なんです。で、途中で、

「さっきの言い方は、間違った。でね」

とか、そういう書き方をしてる。

「何が、〝でね〟だ」

って、「何がでねだ」なんて、ツッコミまで書いちゃうみたいな（笑）、非常に正直な師匠でございましたが……。

圓楽師匠（五代目）のほうが、どっちかって言うと、知ったかぶりで有名でしたね。高座でも直ぐ、

「（圓楽の口調）かの、バスターキートンがね」

てなことを、平気でこう言うと、お客は、「フーン」って言うけど、楽屋のほうはひっくり返って笑って、

「また、何か知ったかぶり言ってるよ」(笑)

みたいな感じでね。え〜、楽屋に入って来て、

「(圓楽の口調) お早う」

てだけで、大爆笑になるって、そんな師匠はいませんよ(笑)。何か知らないけど、圓楽師匠が言うと面白いですね。嘘っぽくて面白い。「お早う」が嘘に聴こえるっていう(笑)、こんな素晴らしい師匠は居ないですよ。

「(圓楽の口調) お早う」

って、唯、笑っているだけなんだけど、「何か、嘘臭えなぁ〜」

って皆が笑ってしまうという、わたしはそういった圓楽師匠が大好きでございます

……。

談志の愛した八重桜

二〇一二年五月八日『志らくのピン』伝承ホール
『狸』のまくら

師匠の自宅が練馬にあるンですね。今、もう、誰も住んでない。今は誰も住んでいないと言っても、元から住んでない大きな家。新宿に元々談志はアパートで、家族と住んでいたンですが、前の大平さんって総理大臣からお金を借りて、練馬に立派な庭付きの一軒家を買ったンですね。で、そこへ越したンだけど、誰も家族が一緒に越して来なかった（笑）。おかみさんが、伊勢丹が遠いからと（笑）、その理由だけで練馬には来なかったという有名な話なんですけど。だから、師匠はそこで一人、仕事がないときはポツンといて、それで次の日仕事があるときは、新宿の家に行って、やがて新宿の家が狭くなって来たンで、根津へ越してという……。

その、もう、築四十年ぐらいになるンですか、立派な家だけど手入れしてないから、ほぼ廃墟のような状況になって、その中に書斎があって、未だに談志のライブラリーがズラッと、あるンですね。

で、庭に大きな八重桜があって、その前にツツジがあって、師匠はその花を必ず見に行くのが好きで……。でも、弟子ってのは本当に酷いことをしますね。その練馬の家に冷蔵庫が四台ぐらいあって、で、食べ物をとにかく大事にする人ですから、もらったものを片っ端から冷凍庫に入れて凍らせて、古いものから順々に、順々に食べていく。談志がよく高座で、

「古いものから順に順に食ってるから、俺は新しいものは食ったことがねえンだ」（笑）

って言う有名なギャグがありますけど、これはギャグじゃなくて、本当なんですね。弟子なんかにも、凍った奴をチンさせて、

「このカツサンド、食え」

なんて、あの破門になった快楽亭ブラックさんが、

「ああ、いただきます」

って言ってもらって、食ったら不味いから、「おかしいなぁ」と思って、その箱の裏の賞味期限のところを見たら、平成の時代ですよ。昭和だったンですからね（笑）。平成十何年の頃に、昭和のカツサンドを食わされたってのは、ブラックさんの有名な話ですけれど……。

その冷蔵庫、夏場、「霜をとる為に掃除をしろ」と、弟子に言って。これは確か、談慶って奴ですね。掃除をする為に、コンセントを抜くじゃないですか？　抜いたまんま帰っちゃって、師匠がたまたま根津のほうへ一週間ぐらい居て、練馬に帰ってこなかった。で、師匠は久しぶりに帰って来て、冷蔵庫を見たら、全部腐っていたという……。それだけ食べ物をねえ、昭和の時代の食べ物まで凍らせて大事に食べる人が（笑）。楽屋にあるお弁当、十個あったら、十個全部持って帰って、「どうやって食うのか？」と思ったら、みんな、細かくしてチャーハンを作る――そういう師匠ですよ。あるいは残ったものを全部細かにして、ミキサーに入れてふりかけを作るという……。いろんなふりかけ、何種類も作ってましたよ。

あるとき、ビタミン剤をたくさんもらっちゃったから、ビタミン剤もいれようなんて、ふりかけにビタミン剤を入れて（笑）、ご飯にかけたら食えたものじゃなかった。

「うわぁぁぁ！」

って言う（笑）。そんなようなこともありましてけど。全部腐らせちゃった奴が、談慶って奴ですねえ。

あと、キウイも随分酷いことをしましたよ。でも、キウイの場合は、本当にくだらないですね。歩いていて、自動ドアがあると、普通、ドアがあったら弟子が開けてあげる。キ

ウイの場合は、自動ドアがあると足で踏んで、

「師匠、どうぞ」（笑）

って、こういう奴なんです。意味が無いことをする。師匠が間違えて熱湯に触って、

「あちぃぃぃ！」

って、こうなったら、キウイが指に向かって、「ふうっ、ふうっ」て吹いたという（爆笑）。そういう愛嬌のある馬鹿なんです、あいつの場合は。

談慶はコンセントを全部抜いちゃって、師匠が本当に悲しんだ。あと、辞めて、幸福の科学へ入ってしまった談之進って奴は、その庭のツツジですよ。毎年一面にツツジがパァーッと咲くンです。その上に枯葉や何かが落ちるから、談志が談之進に、

「（談志の口調）ツツジの花、ちょいとキレイにしておいてくれ。枯葉や何か落ちて、あと雑草もあるから、キレイにしとけ」

って、「はい」。次の日行ったら、ツツジが全部無いンです、全部抜いちゃったというね（笑）。あのときの悲しそうな談志の顔は、忘れられませんね。

で、その、何が言いたいかというと、八重桜が、今はもうお化けみたいになって、グァーッと隣が駐車場で、駐車場のところまで覆いかぶさっているような……、ウチの師匠の孫が、初めてその家に行ったときに、

「トトロが出て来そうだ」

って言ったような（笑）、もう、そういう家なんです。

そこで供養をやろうということになって、師匠の。で、まあ、談志の遺言で、骨は墓などに入れるな。海にまくか、自分の家の桜の木の下に埋めるか、あるいは面倒臭かったら犬にくれちまえばいいから——と言う遺言なんですね。それで、最初はハワイの三ヶ所の師匠の好きな海に、娘の弓子さんがちょこっとまきに行った、と。で、そのことをわたしが平成中村座のトークショーのところで言ったら、マスコミが一杯いて、それを全部新聞に書いて、朝のワイドショーかなんかでも、

「立川談志、海に散骨！　ハワイに散る」

みたいに報道した。

「弟子の立川志らく氏（48）が、明かした！」（笑）

なんて、わたしが、確かに言ったンだけども、本当に許可をもらってまいたわけじゃない、散骨ってのは許可が要りますから。そうじゃなくて、本当にちょこっとだけ、もう、一つまみだけ持って行って、海へパッとまいただけで、これは散骨じゃない、パパッとこれだけのことなんですね。それをマスコミが……。

本当にマスコミはいい加減だなと思う。あの塩谷（瞬）って人は、あんなの、うっ

ちゃっておけばイイじゃないですか（笑）。第一、塩谷って奴が何者だか、よく知らない。可哀想に、泉谷しげるでも、テリー伊藤でも、もの凄く怒ってますけど、あんなに怒ることのほどをしていないですよ。女二人に結婚しようなんて、こんなのウッディ・アレンの映画観たら、しょっちゅうこんなの出て来る（笑）。可愛らしい奴なんですよ、もう、キレイな女を見たら、ハァーっといっちゃうだけのことで、ねえ。それも惚れた女が、両方とも中途半端な美人なんで（笑）。もう、ねえ、もう何か、料理研究家と、それから富永何某という宇宙人みたいな女じゃないですか（笑）。で、おそらく年上の料理研究家に貢いでもらって、「結婚しよう」なんてことを言ってて、当人もそのつもりでいたンだけど、そこに宇宙人みたいなキレイな女が現れたから、「あああ、結婚しよう」って言っちゃって、で、こっちのほうは、何とかなるだろう——というだけのことなんですね（笑）。それをなんだか、結婚詐欺師みたいな……、で、塩谷ってのは馬鹿だから、もう、マスコミの前に出て、泣いちゃったりしてねぇ。何で泣いてンのか、意味が分からない（笑）。で、泣いたら、

「泣きたいのは、女のほうだ！」

って、皆が怒ったりしてねえ。二人の女にフラれちゃったから、泣きたい気持ちはよく分かります。あんなホストみてえな男に騙される女のほうが悪いって言えば悪い（笑）。

そんなことをツイッターで書くと、炎上しますから（笑）、抑えてますけれども。

そんなもの、マスコミだって、あんなに追っかけて、

「どっちが本当に好きなんですか!?　どっちと結婚するつもりだ!?」

って、わたしだったら、

「大きなお世話だ。この馬ぁ鹿ぁ」（笑）

って言うだけのこと。あんなものは、マスコミだって、「ヨオ、ヨッ！」って、これでお終いですよ（笑）。

「イヨッ、色男！　実に、けしからんもんで」（爆笑）

これで済むような内容でしょう？　誰に迷惑をかけた訳じゃない。その二人の女に迷惑をかけたってだけ。世間を騒がせたって、別にマスコミが勝手に騒いだだけで、どうってことはない。まあまま、マスコミなんて、いい加減なもので……。

で、今回も、師匠のお骨を、じゃあ遺言通り、自宅の八重桜の下へ埋めましょう、と。これも、もしマスコミの人がいたら、言わないように。本当に、一つまみ、ちょいと入れただけですから（笑）、

「埋葬許可を、ちゃんともらってンのか？」

なんてなことを言われると困るンで、ちょっと入れただけですから。

で、所縁のある師匠の友だちだとか、身内、息子さん、娘さん。それから弟子は、わたしと談吉だけ。何でこの二人だけなんだか、よく分からないですけど。この二人だけ、練馬の家に集まりました。

それで、師匠の遺影を八重桜のところに置いて、で、わたしが師匠の部屋から大好きなフレッド・アステアのポスターがあったンで、それを桜のところにフワァーッと置いて。置いたのはいいんだけど、今、蟻が多いから、アステアのところに蟻がウワァーっと登って来た（笑）。大変な騒ぎで蟻を散らして。それから、師匠が「談志・円鏡の歌謡合戦」というラジオ番組でよく使っていたポクって、木魚ですね、それを持って来て、で、師匠と所縁の深い人たちがそこに集まりました。で、わたしが土を掘って、わたしの手でお骨を入れて、「師匠、さようなら」みたいな感じで埋めました。

で、お経は談志が前から、「お坊さんにあげて欲しくない」と、と言うのは、「俺よか、頭の悪い奴に、お経なんぞあげてもらいたかねぇ」（笑）

って言うのが、ウチの師匠の遺言ですから（笑）。で、『黄金餅』の「金魚ぉぉ、金魚ぉぉ」がいいと、生前から言っていたンで（笑）、じゃあ、その木魚を使って、わたしが「金魚、金魚」をやりましょう——ということになって、皆、ズラァーッと並んで、ポクポク叩きながら、わたしが、

「金魚ぉぉぉ、金魚ぉぉぉ、いい金魚ぉぉぉ」（笑）

って、ウチの前を通る人は、皆、怪しい新興宗教だと思って（爆笑）、皆、覗きこんじゃったりして（笑）。

で、一通り、「金魚、金魚」を演って、それで皆でお酒を飲みながら、御飯食べましょうと言うと、もう、あの、息子さんや、娘さんは、わたしのことを〝ご住職〟と呼んで、

「ご住職、どうぞ、こちらへ。どうぞ、こちらへ」

「はい、はい、はい、はい」

何て言って、よく分からない。そんな供養を先だってしてまいりましたけど……。

え〜、ウチの師匠ってのは、動物が大好きで、ぬいぐるみをもの凄く可愛がっていたという伝説がございますけれども。

動物園に行って、よく動物と話をしてましたね（笑）。上野動物園なんか、暇になると行って、動物を見るンじゃなくて、動物と話をするンだ、と。ジーっと見ながら、こうやって、

「（談志の口調）ぇぇぇ、虎ぁっ。ぅーん。お前は何が好きだ？　ぅーん、肉か？」

って、当たり前だろ（笑）。そんな会話、虎としてどうするンだろう？　でも、そんな

会話を本当にしてましたね。

「動物は、眼をジーっと見てれば、話が出来る」

ってのが、談志の持論でございましたけれど……。

師匠の散骨

二〇一二年八月一日　『志らくのピン』　伝承ホール
『看板の一』のまくら

この間のプログラムにも書きましたけど、方々で喋ってますが、師匠の散骨にまた行きました。散骨に行くって言うと、またこれ、スポーツ新聞や何かでも、まぁ、師匠の娘さんの弓子さんがハワイに骨をまきに行ったということを、わたしが平成中村座でもってバラしたならば、次の日、スポーツ新聞や、ワイドショーで、パァーっと、「立川志らく氏が明かす!」なんて……(笑)。

あれは、許可が無いと捕まってしまうンですね。だから、散骨というのは、たくさん骨を持って、骨壺ごとまくのを散骨と言って、え〜、そうではなく、要は、ほんの一つまみ……小っちゃいビニールの小袋に入れて、パッと、これだけなんです。これだけだったら、散骨という程のものじゃないンで、師匠が好きだった海にまこうと、ワイキキのビーチでも、一つまみしかまいてないですね。

で、今回、沖縄の慶良間《けらま》諸島の渡嘉敷《とかしき》という所が、師匠が大好きだった海なんで、そこへ師匠の息子さんと、娘さんと、親しい友達が何人かが、一週間前ぐらいから、師匠の定宿の「とかしく」というホテルに泊まっていた。師匠は、自分のスイートだと……、実際は談志のスイートではないンですけど、知り合いか、……誰か全く赤の他人が、そのスイートを買って、いろんな人に貸し出してる。それをウチの師匠も借りて、

「(談志の口調) おお、俺様の部屋だ」

なんて、来た人に自慢してましたけど。

そこで、わたしは九州で独演会があったンで、

「志らくさん、近所まで来てるンだったら、おいでよ」

っと言われて、

「それじゃあ、行きましょう」

と。ちょうど九州のもの凄い雨のときだったですね。で、博多で独演会演って、次の日、鹿児島に向かう朝十一時の新幹線に乗らなくちゃいけないのに、新幹線が止まっちゃってる。駅の喫茶店で、一時間半ぐらいずぅーっと待ってましたけど、段々段々くた

びれちゃって、ちょうど首のヘルニアを病んでいる最中なんで……、具合は悪くはなかったンですけど、雨で気候が変わったンで、ずっと首が痛くて痛くてしょうがなくて、喫茶店に一時間半もいると、もう、我慢できないンで、それでＪＲ博多に連絡して、

「そっちの主催で独演会を演《や》ったことがあるンで、アンタのとこの新幹線が動かないと、アンタのとこの責任だから、何とか休むとこを捜せ」

って、こんな乱暴な話はないですけど（笑）。そしたら向こうのほうが、応接間を用意してくれて、それで飲み水だとか、それからジュースだとか、お弁当なんかも差し入れてもらって、避難民みたいな状況になってた（笑）。で、五時間ぐらい待って鹿児島に移動して、本当は三時からの落語会だったンですけど、わたしが到着しないから、夜の六時に変更しようと。で、殆どのお客は帰っちゃたと思ったら、三百くらい入るキャパで七十人だけがキャンセルしてお帰りになって、残りの方は、皆残ってくれた。

それで落語を演って、次の日、朝早い飛行機で那覇へ出かけて、それから高速船に乗って渡嘉敷。わたしは、船が大嫌いで、船も嫌いだし、海が大嫌いなんですね（笑）。え～、もう、水が嫌いなんです。で、船は屋形船に乗っただけで吐いてしまうという、そういう体質ですから（笑）。で、高速船と大型フェリーの二つある。フェリーだと、一時間ちょっとかかる。高速船だと、三十五分で行く。で、皆がわたしが船が苦手のことは知っ

てますから、

「フェリーで行ったほうが揺れない」

と言う。だから、

「一時間ちょっとかけても、そっちのほうが安全だよ」

と、こういうふうに言ってくれたンですけど、わたしは屋形船だろうが、東京湾クルーズだろうが、乗ってバァーンとエンジンの音を聞いた瞬間、バァーってこうなる体質なんで（笑）。フェリーは無理に決まってるンですね。だから、半分の時間で済むンだったら、同じ酔うなら高速船にしようと。で、そっちをチョイスしたら、これが大きなミスで、高速船の速さってのは、半端じゃないですね。もう、ジェットコースターに三十五分乗ってるぐらい、スワァー、スワァー、ビシャーン、水飛沫がピシャーン、若い子は皆、キャッキャキャッキャ大喜び（笑）。五十近いオジサンだけは、真っ青な顔してクァー（笑）。もう、何遍もトイレに行って、オエー。わたしの場合、吐ければいいンですけど、吐けない体質なんですね。気持ち悪くなるだけなんで便所に行っても、オエー！　オエー！　と、叫ぶだけ（笑）。もう、実に情けない。

それで、港に着いて。で、皆が迎えに来てくれて、着いた途端に、

「それじゃあ、海で泳ぎましょう」

なんて言う。わたしはとにかく、膝より深い所には行かないという（笑）、自分でもう決めてますから。膝だって、本当は倒れたら溺れますからね（笑）。で、わたしが海に入ったことがあるのは、入門した一年目に立川談志に連れられてハワイのワイキキに行ったときです。そのときはわたしはずっと荷物の番をして、談志はチューリップハットを被って（笑）、日焼けしないように、もう真っ白に白塗りして、長袖のシャツを着て、それで股引はいて、地下足袋をはく。それで、あのオシャレなワイキキ・ビーチを歩いて、キ×ガイですね、ハッキリ言って（笑）。途中からちゃんとした潜水服になったらしいですけど、わたしが行ったときはそんなな形でね。

ハナウマ湾《ベイ》に行って、そこで一緒に師匠と海に入って、ちょっと顔を浸けただけで無数の魚が見えるキレイな海でした。で、談志は泳ぐのが大好きですから、五時間ぐらい平気で水の中で浮かんでいるンですね。

で、談志の自慢話に、「寝ることが出来る」って言う。何時も言ってました。

「（談志の口調）俺は、海の中で泳ぎながら寝ることが出来るよ」

って、

「（談志の口調）熟睡じゃないけどね」

って、当たり前ですよ（笑）。熟睡したら、死んじゃいますから。

で、わたしが泳げないってことは、師匠は知らないンで、

「(談志の口調) おい、志らく。魚が見えるから、見ろ」

「はい、わかりました」

って、ピシャンと一瞬顔を浸けて、

「(談志の口調) 見たか?」

「はい」

「(談志の口調) 嘘つけ、この野郎! おまえ、パシャッと浸けただけじゃねえか。もう一回、ちゃんとやれ」

「へぇ」

パシャッ (笑)。

「(談志の口調) 見ろ! この野郎!」

「いや、もう、見ました」

「(談志の口調) この野郎! 見てねえくせに」

頭を押さえつけられて、バタバタバタバタバタ (笑)。要は、白塗りでチューリップハットのオジサンに、こんな幼気《いたいけ》な二十歳ぐらいの男が、顔を海に押さえつけられてね (笑)。それが、唯一わたしが、塩水に浸かった経験なんです (笑)。子供の頃から一度も海水浴

にも行ったことが無いンです。もう、茄子じゃあるまいし、誰が塩水に浸かるものかって（笑）、そういうポリシーがありましたから。噺家になって、生まれて初めてなんです。それから二十七年経って、談志の追悼ということなんで、海水パンツをはいて、とりあえず、膝よか深い所には行かないでピチャピチャやってンだけど、波が来ておっかないンで、わたしがビビッてると皆が心配して、救命胴着を貸してくれる（笑）。こんなもの凄い救命胴着付けて、それでシュノーケル付けて、水中メガネ付けて、それで膝の深さでパシャパシャ遊んでいる（爆笑）。七、八歳の子供が普通に泳いでいるのに、このオジサンは一体何なんだろう？　みたいな感じでね（笑）。でも、妙にコソコソするとカッコ悪いので、堂々と海の監視員みたいな感じで（笑）、

「君たちになんかあったら、助けるからね」

みたいな感じで、遊んでいる（笑）。

で、パチャパチャパチャパチャ泳いでいる内に、今度はウミガメが沖のほうに二匹現れたから、師匠はウミガメが大好きだったンで、皆で見に行こうと、

「志らくさんも、せっかくだから行こう。救命胴着を付けてりゃぁ、絶対に溺れることは無いから」

「そうですか。どのくらいですか？」

「十五メーターぐらいのところにいる」

と、そこまで行くのは怖いですよ。そりゃぁ途中で足が着かなくなりますから……。でも、とりあえず、師匠が好きなものを見ようと思って、泳ぐンですけど、平泳ぎをやって手をかくンですが、ヘルニアで右の方が痛いので、前に進まないで、必ず旋回して戻っちゃうンですね。結局、そうこうしている内にウミガメはいなくなっちゃう（笑）。

それで、ホテルに戻ったら、妙に海パンが重てぇなと思ったら、こっちは舞い上がってるから下着のパンツはいたまま、海パンはいたから、ビシャビシャになってた（笑）。

で、今度は夕暮れ時に志らくさんの為に、ちゃんとしたエンジン付きのボートを出して、沖に行って、それで「師匠の骨をまきましょう」ってことになった。で、わたしはまた救命胴着を付けて（笑）、船に乗り込んで岸から三十メーターぐらいのところに行ったンです。そこでまきましょう、と。

で、水深がもう五メーターですよ。他の連中は命知らずですから、皆逆さになって海の中に飛び込んでいった。で、わたしだけ梯子を下ろしてもらって、手すりに摑まって顔を浸けて見てたンですね。

そしたら娘さんがちょっと離れたところでもって、師匠の骨を取り出して、パァーッとまいた。こんなキレイなものを見たことが無いです。シャアーっと師匠の骨が、海の中にすぅーっと行くと、無数の魚がサァーッと寄って来て、パクパクパクパク（爆笑）。

「ああー！　師匠が食べられたぁー！　師匠がぁ、師匠ぉぉぉー！」（爆笑）

もう、びっくりして……。一瞬の内に、師匠が無くなっちゃったンで（爆笑）。でも、あまりにもキレイな光景なんで、パッと手を離しちゃったンですね。

「師匠ぉぉぉ！」

ハッと気が付いてフッと振り返ったら、船が五、六メーター向こうなんです。途端に、バタバタバタバタバタって溺れて、

「救命胴着を付けて溺れたのは、あなただけだ」

と言われました（爆笑）。

ただ、一番わたしが心配だったのは、師匠の骨のビニール袋の中に、師匠が大好きだった睡眠薬を粉々にして入れてたンですね。師匠は亡くなるちょっと前まで、本当に意識がある内は、必ず、もう水も飲めないのに、無理やりこの睡眠薬だけは楽しみで飲んでた。それを入れてまきましたから、絶対に魚が睡眠薬を食ってる（爆笑・拍手）。魚、大丈夫かなあ。それが、相当心配でございましたけれど。

まあ、師匠の散骨を済ませて帰ってまいりました。

師匠の落語から、ドンドンドンドン離れようとして、今日なんかは、『お化け長屋』は

得意なネタでございますけど、『看板の一《ぴん》』、『柳田（格之進）』なんてぇのは、談志が全く演らない噺で。まあ、『談志のネタ帳』という本に書いてますが、演らない理由は、たいてい嫌いだからとか、つまんないって、子供みたいな理由でいろいろ演らなかった。

まぁ、この『看板の一』なんてぇのは、ウチの師匠がもし演ってたら、面白えだろうな——という気のする噺です。

談志まつり

二〇一三年十一月二十四日『志らくのピン』伝承ホール
『引越しの夢』のまくら

　なかなか疲れが取れず、七、八年前にバセドー病ってぇのを患って……。これは、どういう病気かと言うと、甲状腺ですね、これが腫れて、まぁ、内臓の全てが普通の人間の倍働くンですよ。だから、一日二十四時間が四十八時間働く。だから、汗はかくわ、……あの田中角栄が同じ病気、だからあの人はテンションが高かったンですけど、わたしが落語を演っているときは、うわぁーっとテンションが上がるってぇのは、もしかしたら芸風と言うよりも、病が原因かも知れません（笑）。

　それで、やたら心臓に負担がかかるから、くたびれるンですね。年がら年中、くたびれて……。そこへ、無呼吸症候群みたいな、寝てるときにあんまり呼吸をしていないみたいです。ですから、この間、病院に行って、『ゆみのハートクリニック』ってなんだか、風俗みたいな（笑）。なんだろうな？　ゆみさんという院長がいて、ハートクリニックって、何かイヤラしい感じだなぁっと思って、それで、先生は女医だと決め込んで入ったら、『ゆみの』ってのは弓矢の弓で、野原の野で、弓野先生なんですね（笑）。それをひらがなにしたら、こっちはなんだか、風俗店だと思っちゃう訳でした（笑）。
そこ行って、とりあえず、先ず自分で検査をしなくちゃならない、鼻に管を付けちゃって、ハンニバル博士みたいな感じになってね（笑）。で、来月十四日の討ち入りの日に、検査入院をいたしますけど。

昨日、一昨日、その前の三日間、有楽町で「談志まつり」という、三回忌のイベントがありました。そのうちの二日間、三回公演に参加をいたしまして、まあ、あの、わたしが仕切ったという訳じゃないンですけど、一応、顔付けというのはやらなくちゃいけないンですね。プログラムを決めなくちゃいけない。まぁ、普通に落語会のプログラムを決めるときは、一番の年配者がトリをとって、次に偉い人が中トリを、若手がその前、その前というふうにプログラムを組むンでございます。が、立川流というのは実に、歪な団体でございますから……、上はもの凄くいっぱいいるンですよ。もの凄くいっぱいいるンだけど、志の輔兄さんから急にカァァァっと売れ出すという不思議な形ですから、世間では志の輔兄さんが会長だと思っているぐらい（笑）。先輩はたくさんいるンですけどね。

ですから、偉い順に、こう、組むってぇのも、あんまり面白いものじゃないんで、理事会というのが開かれまして、で、わたしも理事の一人でございますから、談志亡き後は、この理事制でやっております。一番偉い代表が土橋亭里う馬師匠という人ですね。という人ってのは、失礼ですね（笑）、里う馬師匠、お馴染みの。何がお馴染みだか、分かんない（笑）。

里う馬師匠が、その昔、圓楽師匠がやっている「若竹《わかたけ》」ってところに出演して、で、当時前座だった愛樂《あいらく》が楽屋に来て、

「あのう、本屋さんがねぇ、楽屋に入れてくれって言ってンですよ」

「ええっ、本屋ぁ？」

わたしが行ったら、里う馬師匠だったンですけど（笑）、バイクで来たから本屋と間違えられちゃって（笑）。訳が分からない。まぁ、大変な師匠でございます。

それから左談次《さだんじ》師匠、談四楼師匠、それからわたし、談幸《だんこう》兄さん、雲水《うんすい》、これが理事です。月に一回理事会というのを開いて、それで今回の「談志まつり」も、顔付けを決めなくちゃいけない。

それで、一周忌のときの顔付けは、わたしがいろいろと企画を出して決めましたンで、今年の三回忌も左談次師匠が、

「アンちゃん、頼むよぉぉぉん」

って感じで（笑）、

「ああ、そうですか」

したら、

「いくらなんでも、志らくに全部決めさせるのは、おかしいだろう」

と、他の人が言ったら、

「う〜ん、理事会イコール、志らくだからねぇん」

って、訳の分からない（笑）。全部あたしに、おっつけられてしまって。

で、一部をイリュージョン、二部を江戸の風というタイトルにいたしました。で、まあ、立川談志が提唱するところのイリュージョン落語を昼の部、で、江戸の風、……江戸の風が吹くのが落語であるという談志の言葉、それを夜の部とした。それで先ず人選をしなくてはいけない。

イリュージョンに分けると、とりあえず、わたし、それから談笑、あといなくなっちゃうンですね（笑）。で、しょうがないから、とりあえず、

「ちょっと、談四楼師匠、ちょっとイリュージョンっぽいこと演ってください」

「左談次師匠は、存在がイリュージョンですから、ちょっとお願いします」（笑）

それで、生志とか雲水とか、まぁまぁまぁまぁ、雲水は大阪人だから、どう演ったって江戸の風は吹かねえから、おめえはこっちへ入ってくれ（笑）、みたいな。で、談幸兄さんって人も、「談志狂時代」なんて本を出して、談志命ですからイリュージョンに入れておいたンですけど、ある日のこと、

「頼むから江戸の風にして」

みたいなお願いをされて（笑）、……江戸の風へ移しました。

で、まぁ、談春兄さんと、それから、志の輔兄さんと、そこら辺の人と里う馬師匠は、江戸の風と二つに分けて演りました。

一番怒ったのが、志の輔兄さんでございますね。二十一日が命日で、一門が集まってお墓参りでございます。志の輔兄さんがわたしの顔を見つけるなり、急に、

「(志の輔の口調) おい、志らく。今回の顔付け、誰がやったンだよ?」

「え、えっ、え?」

「(志の輔の口調) 冗談じゃないよぉ、全く。全部おれにおっつけやがってさぁ。江戸の風なんて、分かんないしねぇ。何で、俺をトリにするンだよ? 他に先輩幾らでもいるじゃねえか。誰が顔付けしたんだよ?」（笑）

「いや、あの、理事会で皆で決めました」（笑）

「(志の輔の口調)う〜ん、皆で決めたのなら、しょうがないけどぉ」(笑)で、そこは済んだンですね。それで、わたしは油断しておりました。江戸の風の夜の部が終わって、千百人満杯ですよ、ねえ。志の輔兄さんが、『徂徠豆腐《そらいどうふ》』なんてぇ実に野暮な(笑)、野暮じゃやなくて、粋な人情噺をみっちり語ってねえ。それで、エンディングトークといって、一門がずらぁーっと並んで、司会が談幸兄さんでございました。順に順に、若い子から、キウイとか、ああいう連中を皆紹介して、わたしの番になって、

「続いては、志らく。今回の顔付け、コーディネイトを全部してもらった……」

わたしはびっくりして(笑)、思わず、シィー! シィー! って、談幸兄さん、

「え? え、えっ?」

したら、志の輔兄さんと眼が合った。

「(志の輔の口調)おまえか? やっぱり」(爆笑)

みたいな。それで、志の輔兄さんが、

「俺は、江戸の風は吹かないンだよ。富山の風だよ」

って、訳の分かんないこと言ってました(爆笑)。

談春兄さんを開口一番にしたのも、わたしの嫌がらせでございます(笑)。鼻をパキンっと折っちゃう作戦でございます。

普段、立川流一門会ってのは、日暮里だとか、上野の広小路だとか、いろんなところで演ってまして、それほど別にお客がたくさん来ている訳じゃない。上野広小路の夜なんか、お客が少ないときには、ツ離れしない、要は十人いかない七人、八人てこともあるンだそうです。これは、もう、年から年中演ってますから、なかなかお客がたくさん集まらない。

だけども、談志追悼だとか談志まつりだとか、そういうタイトルを付けて、別に普段と同じで、そこにわたしが出たり談笑が出たり、たいしたことはない。だけど、パッケージを変えると、途端に千人ぐらいのお客が集まるンですね。要は、今流行の偽装表示と同じでございます（爆笑）。なんか、ちょっと偽装するとお客がドーンと来る。今日の会だって、「志らくのピン」で、テーマが番頭。これじゃぁ、お客はそれほど興味が湧かないですよ。だから、今回の「志らくのピン」は、志らくが談春と志の輔を語るって、こうやれば、結構お客はうわぁーっと増えますよね（笑）。で、今、語りましたから、十分です（爆笑・拍手）。これが世に言う「偽装」でございます。

まぁまぁ、世の中、頭の良いほうが勝つのかも知れませんが、どこかでボロが出るとエラい目に会います。

え〜、その昔の番頭さん。この番頭さんってぇのはやっぱり、生きた学問てのがある。

別に学校行ってる訳じゃない。奉公制度ですから、子供の内からお店に入って、それで二番番頭、そして一番番頭になって、やっぱり生きてる学問をちゃんと学んでおりますから、これは良い番頭さんになると尊敬される。だけど、変な奴に権力を持たせると、滅茶苦茶になっちゃうみたいな……。

あのう、ちょっと、マニアックな話ですけど、立川キウイって奴がいますね（笑）。立川流の幼稚園真打と呼ばれている。あいつは、上にはもの凄くヨイショをする。で、可愛がられるンですよ。でも、下のものには、「この野郎！」みたいな、犬畜生みたいに扱うンです、あいつはね（笑）。ですから、この間の談志まつりの打ち上げでも、銀座の美弥という、談志の行きつけのバーがあって、で、キウイは談志が生きてる頃から、あそこでバーテンのバイトをしてるンです。もう、ずぅーとバーテンのバイト。それで、バーテンの休みのときに、美弥が休みのときに落語会に行くという、どっちが本職だか分からない（笑）。

で、あいつは仕切ってる訳ですよ、美弥で打ち上げだから。で、一所懸命、お酒かなんか作っちゃって。で、わたしとか真打は座っている訳です。すると、二つ目あたりの連中は、手伝っていいのか、それとも座ってお酒を飲んでいいのか、微妙なんです。で、ちょっとウロチョロしてると、キウイがお酒を作りながら、

「おうおう、おまえたちも座れよ、ええ。いいンだよ、もう二つ目なんだから。……二つ目なんだから、座れよ、この野郎！」

って、思わずわたしは、

「おまえ真打なんだから、座れ！　この野郎！」

って（爆笑・拍手）。……どうでもいい話でしたけど（笑）。

え〜、番頭さんのお噺でございます……。

常識を弁えて暴れる師

二〇一四年一月九日『志らくのピン』伝承ホール
『茶の湯』のまくら

え〜、新春早々、やしきたかじんさんがお亡くなりになりました。まあ、いいのか悪いのか、亡くなった追悼のコメントを述べる人が、橋本市長と、あとヨットがひっくり返って助かった幸坊（治郎）さんというアナウンサー。この二人ばっかしなんで、もっとこんな人にも愛されていたンだみたいな人を、マスコミは出してあげたほうが、いいような気がします。

ただ、たかじんさんは、談志とは全くダメでしたね。『たかじんのバー』って言う番組に談志がゲストで呼ばれて、バーカウンターでお酒を飲みながらトークする番組なんです。で、談志がお酒が入って酔っ払って、

「（談志の口調）んんん、……下品な番組だね」

って、こう言ったら、たかじんさんが怒って、

「なにをこらぁ！　やるのか!?」

って、灰皿を談志にぶつけたというう（笑）。で、ウチの師匠は怒って帰っちゃったというね（笑）。

その話を聞いたとき、まあ、おそらく立川談志に灰皿ぶつけて楯突くと、これはもの凄い伝説になるという、そういった計算の元でやったンでしょうけども、やっぱり先輩に対する尊敬の念みたいなのが無いなぁと、そのときは凄く嫌な話だなぁと思いました。

まあ、そういう談志も小さん師匠にヘッドロックとか、かけてますけどね（笑）。小さん師匠に、デコピンしたことがありますからね（笑）。楽屋でもって、

「（談志の口調）えええ、師匠、師匠」

「ん？」

ペンッ！　って、デコピン（笑）。もの凄く怒ってましたけどね。ただそれは、やっても大丈夫だという、〝仲がいい〟というその前提でやってますから、米朝師匠なんかでも、へべれけに談志が酔っ払って、

「（談志の口調）俺ぁ、米朝さん、アンタが大好きだぁっ！」

って、道頓堀でもって、談志が米朝師匠にサバ折りやったら、あの人間国宝が、

「やめなはれ！　やめなはれ！」

って、死にかけたことがありましたけれど（爆笑・拍手）。

それをしても許されるという上でやる分には、いいンでしょうけど、ウチの師匠は、そこら辺は全部計算してやってましたね。

あるパーティーでもって、へべれけに酔っ払って、うぁーっと暴れてて談志が。で、米朝師匠が入ってきて、ずっと嫌な顔してて、で、もの凄く偉い人がスピーチに登がったので皆が立ったのに、談志だけが酔っ払ってだらしなく座ってたら、米朝師匠が、

「談志君、立ちなはれ！」

って言ったら、スッと立ちましたからね（爆笑）。

森繁久彌《もりしげひさや》のことを、あるレストランで、ボロクソに談志が、

「（談志の口調）森繁も、もうダメだね、あれは、うん」

って言ってたら、本当に居たンです（笑）。で、スーッと後ろに来て、

「え、わたしが何かしたかね？　談志君」

って言ったら、

「（談志の口調）ああ、いやいや」

って、最敬礼でございましたけど（爆笑）。だから、その辺の常識はちゃんと弁えた上で、ウチの師匠は暴れているンで、そこら辺は全く違う。まぁ、大阪とは、やっぱり談志

というのは合わなかったのかも知れません。

大阪で、ヤクザに頭を割られたのもそうですし、この間も年末、「談志まつり」は、東京で演ったときは、三日間四回公演、これは結構お客が入りましたけど、年末、大阪で二回公演演《や》りましたけれど、八百人入る会場に、二百人ぐらいしか入りませんでしたね（笑）。ガラガラでございました。おまつりでも何でも無い。

トップバッターに談笑があがって、うわぁーっと、過激なことを言ったら、ただただ、危ない人で終ってしまいましたね（笑）。何にもウケやしないンで。ウケて、はじめて成り立つのに、ウケないから、単に過激な人になっちゃったりしてね。

ざこば師匠がゲストに来て、落語演らずに歌だけ歌って帰っちゃったって、訳が分からない（笑）。そんな「談志まつり」でございました。


年末、珍しく紅白歌合戦を観て、……全部観るようなことは無いンですが、昔は十二チャンネルの『年忘れ　日本の歌』みたいな番組を必ず観ていましたが、もう、好きな人が皆死んでしまいましたから（笑）、もう、山本リンダ辺りが懐メロに出てくる様になってから、それも観なくなっちゃって。で、まぁ、何も観るものがないンで、ちょこっとつけたらば、紅白歌合戦で。美輪明宏が出てくるところで、……あの人は狡《ずる》いですね、やっぱり。あのインパクトはありませんよ。普段は真っ黄色な感じで、セサミストリートのぬいぐるみみたいな（笑）。それが歌を歌うときだけ、急に黒になって歌い上げる訳ですから、これは丸山明宏時代を知らない人にとっては、相当なインパクトがありますよね。二年続けて演りましたから。だけども、電車なんか乗ってて、若い子が紅白の話をしていると、何にも分かって無いですよ。

「美輪明宏、観たぁ？」

「観た、観た」

「超凄かったンだけどー」

なんか言ってる（笑）。

「だけど、何であの人、歌、歌ってンの？　あの人、霊媒師じゃねぇ？」（爆笑）

って、霊媒師じゃない。歌手ですよ、ちゃんとした。したら、

「いやいやいや、違う。あの人、霊媒師じゃないよ」

「ああ、そう？」

「いやぁー、あの、土方の子供だよ」（爆笑

「ああ、凄いエンジニアになった人？」（笑）

それは、歌の中の世界ですからね。したら、若い子はエンジニアが分からなくて、

「ところで、エンジニアって何？」

「エンジニア？　エンジニアってなんか、エジソンぽくない？」

「ああ、じゃあ、何か発明する人だ」

「うん、作る人だね」

って、段々答えに近づいて行ったりしてね（爆笑・拍手）。訳が分かんなくなったりしますけどね。

え〜、年末はそんな様な状況でございましたけれど。


わたしは年末、仕事が終ってから、かみさんと子供を連れて、「じゃぁ、温泉かなんかに行こう」って、まぁ、本当に計画性が無いから、空いてるところがイイかなと思って、白樺湖なんて。白樺湖だと池は大きいし、牧場もあったり、遊園地があって、子供がいるときには非常に楽しめるだろうと思って、……で、行ったら真冬でございますから（笑）、白樺湖は凍っちゃって、池なんだか何か分からない（笑）。遊園地も休みで、もう何にもやることが無い（笑）。外に出たって、乳母車を押すことも出来ない。ずっとホテルの中に閉じ篭ってましたけど。

白樺湖の有名な、天皇陛下が泊まったというコマーシャルなんかもやってるリゾートホテルで、面白かったのが、洞窟温泉というのがあるンです。普通の温泉があって、露天風呂と洞窟温泉があって、洞窟温泉と露天風呂は混浴なので、男女共、水着を着なくちゃいけない。それも、ホテルから貸し出された水着で、もう、真っ赤な還暦を迎えたみたいな（笑）。で、かみさんと子供を連れて洞窟風呂に入ろうなんて……。洞窟ですよ。ぐるっと一周回るような円形の洞窟で、薄暗いンですね。入ってて、何か不気味な感じがして、遠くのほうから、

「ママー……、ママー……」

もの凄い怖いですよ（笑）。「ええ！　えー」と思って。したら、廊下で歩いている人の声が、反響してくるだけのことなんですね。廊下でもって子供が、「ママ、ママ」って言ってるのが、ぶわぁ～んと広がって（笑）、「ママァァァ～」って聴こえる（笑）。もう、それだけでもの凄く怖くてね。

で、次の日の朝、「またじゃ、洞窟風呂に入ろう」、かみさんと子供は寝てたンで、一人で出かけて、朝でも薄暗い訳ですよ。で、一人で入って、昨日の「ママー」ってのを思い出して、「また、聴こえたら嫌だなぁ」と思ったら、「クワァッ、クワァッ」って、痰を切る音が（笑）。おそらく廊下を歩いている爺さんが、「ウェ」って痰を切ったンでしょう。もの凄く不愉快な嫌な気落ちになって（笑）、痰が響くとこんなに嫌な音になるンだ（笑）。

そしたら、横から急にお婆さんが、「エヘヘ」って（笑）。湯煙で分からなかったンです。赤い水着を着たお婆さんと、洞窟風呂で会う。こんな怖いことは無い。で、「うわぁぁぁっ」って、思わず声を上げちゃう。

で、暫くしたら二十人ぐらいのお婆さんの団体が、赤い水着でぞろぞろ入ってきて、周り婆《ばばあ》だらけになって、こんなに怖いをしたことは、わたしの人生の中ではじめてのことでございました（笑）。

年末に無呼吸の検査入院をして、どうも鼾《いびき》が激しくて寝ても寝たような気がしないンで、検査を受けたほうがいいンだろうと言うので、病院に行きました。

で、いろんな機械を付けられて、数値を計ってもらって、年明け七日の日に検査結果を訊きに行ったらば、重度の無呼吸症でした。熟睡度がゼロ。一晩八時間なら八時間寝て、一回も熟睡をしてないンだそうですね。ずぅーっとうつらうつら寝てるだけ。寝てる間に、かみさんに「ねえ？」って言われると、「はい」っと返事をするぐらい（笑）。寝てても、わたしは返事が出来る。これはもう、眠りが浅いンですね。

で、鼾の回数も多いし、無呼吸は最大でもって、なんと四十六秒間、息が止まっているという。凄いですね、四十六秒間。わたし起きていて、ンンンーって息を止めても、三十秒止めることが出来ない（笑）。そういう人間なのに寝てると四十六秒も息を止めることが出来る。おれは凄えなぁと感心してしまいましたけど。

まぁ、これは治さないと心臓に負担がかかる。で、これを治すと本当に快適に生活を送ることが出来て、一番は若返ることが出来るそうでございますね。わたしは、もう五十なんですけど、どこへ行っても五十に見られない。これ以上若返って、どうするンだ？　という（笑）、そんな気がいたしますけど。

まぁ、年末年始、そんなような状況でございましたけど。

え〜、「志らくのピン」もリニューアルをして、来年からは違う形で独演会を演ろうと思います。まぁ、今年は片っ端から十八番をこれから申し上げますけど。

『茶の湯』という……、これはもう、とにかく狂気の世界でございます。知ったかぶりの人間も、ここまで来ると、クレイジーで面白いという、そんな昔ながらの落語で……。

名誉の言葉

二〇一四年十一月四日　『志らくのピン』伝承ホール
『疝気の虫』のまくら

独演会の「志らくのピン」をそもそも始めたのが、「落語のピン」というテレビ番組。フジテレビが立川談志に一時間の時間を与えて、落語を演《や》ってもらおうと、それで出来た番組でした。一時間の内、談志の落語が三十分、で、残りの枠を準レギュラーとして、当時は小朝師匠とそれから志の輔兄さんの二人が十五分。そして、若手が七分、わたしとか昇太さんとか、花緑、当時は未だ小緑でした、談春兄さんだとか、白鳥、当時の新潟、こういったメンバーが七分の枠となって、で、談志がラフな姿でテレビカメラに向かって、若手を紹介し、で、自分の落語をこれからこんなの演ると、そういう番組だったンですね。

何回か演ってる内に、どういう訳だか、わたしと昇太兄さんが大変に人気が出て、「この二人のほうが、もっと観たい。もう、小朝師匠とか要らない」みたいな要望が来て(笑)、……わたしが言ってる訳じゃない、実際にテレビ局の人から言われたンです。で、わたしと昇太兄さんの時間が十五分になって、志の輔兄さんがたまに出るようになって、小朝師匠はサヨナラって感じになって（笑）。談春兄さんたちは、まだまだ七分の時間割だったンですねぇ。

で、その番組が大変に盛り上がって、談志がテレビカメラに向かって、散々わたしのことを持ち上げてくれて、

「（談志の口調）才能がある、コイツは。ぅぅぅ、落語家の中で、コイツが一番才能があるから、もう、十年も経ちゃぁね、小朝なんか屁だ」（笑）

どんだけ小朝師匠のことが嫌いになったのかと思うぐらいでした。そこで、談志信者が、

「志らくという若手落語家がいるンだ」

と、そこからわたしも少し認めてもらえるようになりました。

で、その番組が終わって、「志らくのピン」という独演会を、「落語のピン」から頂戴して、「志らくのピン」というのを始めるようになったンですね。国立演芸場だとか、それから渋谷の東邦生命、あと内幸町ホールで長く演ってました。さらにこの伝承ホールに移って、もう、全部で約二十年ぐらい回を重ねてまいりました。

それで、まぁ、来年からは国立演芸場に移して、独演会を再開するということでございます。本当は、毎月毎月（独演会を）演るなんて、あんまりないンですね。談志が、わた

しが前座の頃、「談志ひとり会」をはじめるようになって、国立演芸場で月に一回という会でした。その第一回目の開口一番で、わたしは上がって、まくらで、

「師匠は、毎月、独演会を演る。まるで、若手ですね」

みたいなことを前座のわたしが言った記憶がありますね。客席は、シーン！　と、静まり返って（笑）、

「なんだぁ、こいつは?!」

みたいな感じで、睨まれた記憶があります。

本来は毎月演るべきものではないンですけど、まぁ、談志がずぅーっと「ひとり会」という形で毎月演ってましたからね。それで、「志らくのピン」、名前も本当は、「ひとり会」。「ひとり会」でもいいですけど、そこまで談志の真似をすることはない。で、「ひとりぼっちの会」というのも考えたンですけど（笑）、なんかもの凄くマイナスイメージみたいなのでねえ（笑）。

プログラムに書きましたけど、やっぱり、あんまり気が強いというか、大きいほうじゃないンですねえ、わたしは。プラス思考なのに気が弱い。談志も全く同じです。あれだけ乱暴に生きてきたンだけど、気が小っちゃいところなんかが、多分にありましたね。

弟子のキウイって奴を、一回ずぅーっと休ませて破門するかどうするか？　お正月、池

之端のホテルでもって毎年立川流のパーティーをやるンですけど、ここにお客さんも弟子も全員勢ぞろい、紋付袴で。で、その前に根津権現に談志一門、全員紋付袴でもっておまいりに行く、初詣。

紋付袴で行くから、ヤクザの集団だと勘違いされるンですね（笑）。本来は並ばなくちゃいけないンだけど、談志は割り込み。平気で横から列に入っていく。それでお客さん誰も、文句言わない。先ず、

「うわぁー、ヤクザが来たっ！」

って、皆、こうやって、おとなしくなる（笑）。そのうち、

「あっ、談志だ」

って気がついて、

「握手して下さい」

「写真撮って下さい」

その合間にドサクサに紛れて、弟子が皆並んでお参りしちゃうみたいな（笑）。で、それが済んでから池之端へ移って、まあ、皆でお酒を飲むンですけど。

そのめでたい場所でもって、立川キウイを暫く謹慎処分にしていたけれど、彼を復活させるか、このまんま破門にしてしまうか……。結局、前座を十六年やった男ですよ。で、

上納金も払っていなかったということで、ずぅーっと謹慎処分になっていた。

でも、談志が一言言えばいいンですよ。

「破門だ、おまえは」

とか、

「やっぱり、戻って来い」

それを談志は決められないンですね。状況を全部説明して、

「(談志の口調) まぁ、こいつを残すか、残さないかはね、うん。おまえたちで決めてくれ」(笑)

って。自分は便所に逃げちゃうンですからね。二十分ぐらい経って戻ってきて、皆は可哀想だから戻してやろう。

「師匠、やっぱりキウイは戻してやることにしました」

「(談志の口調) おめえたちがそう言うンだったら、別に否《いな》やはないよ」

って、何だか訳が分からない (笑)。だから、自分で決めることが出来ない。そこら辺は、実に気が小っちゃいところがありましたね (笑)。

え〜、立川流を拵えるきっかけになったのが、談四楼師匠と、小談志師匠という亡くなった方がいて、それが落語協会の真打試験で二人が落とされたことによって談志が、

「(談志の口調) 俺の弟子を落しやがって、ふざけやがって、この野郎! 冗談じゃねえ、こんな協会には居られない」

と言って、落語協会を飛び出した。それで、その中の小談志さんと言う人が、上納金は取られるは、寄席には出られないは、と言って、もう、嫌気がさして、落語協会に戻って、馬風師匠の弟子になったンですね。

本来だったら、談志に相談してから、

「実は、もう、いられないので、馬風師匠のところに行っていいですか?」

って言えば、談志だって、

「ああ、別に構わないよ。じゃぁ、俺が馬風に口利いてやらぁ」

って、こうなるところを、その相談が出来ずに小談志さんは、馬風師匠のところへ行って、談志の悪口を散々ぱら言って(笑)、それで馬風師匠のほうから電話がかかってきて、

「あのう、小談志を俺が引き取ることになったから」

って言ったら、談志が怒って、

「(談志の口調) 何を言ってンだい! 順番が違うじゃないか!」

談志のほうが先輩ですよ。馬風師匠のことを叱ったンですね。

「順番が違う、おかしい! だから、小談志を弟子に取るなぁ!」

って言ったら、馬風師匠が電話の向こうで、

「ふざけんな！　談志、この野郎め！　馬鹿野郎！　文句があるなら、出て来い！　馬鹿野郎！」

あっちは本物ですから（笑）。そしたら、談志が、

「う〜ん、あいつは頭がおかしいね」

って、電話切っちゃった（爆笑）。まともに喧嘩は出来ない。そのぐらい談志は気が小っちゃかったですね。

ミッキー安川さんのことを、もの凄く恐れてました。どこへ行っても皆は、「師匠」、「家元」って言うのを、

「おい、談志！　おまえ、馬鹿か？」（笑）

って、平気で。ミッキー安川さんは無神経な人だから、平気で言ってくる。すると、

「（談志の口調）いやぁ、……大丈夫だよぉ」（爆笑）

なんて、結構、そういった人には弱い。何の話をしているンでしょうかねぇ（笑）。

わたしも、プラス思考の割には、気が小さいところがあってね。コンタクトレンズをはめて高座に上がって、お客の顔がよく見えたら、途端に落語が出来なくなっちゃう。

「ああ、こんなにも客ってのは、不愉快な顔している奴がいるンだなぁ」

って、びっくりしたことがありましたね（爆笑）。それ以来絶対にコンタクトを入れて落語を演らないようにしています（笑）。

以前話をしたかも知れませんけど、本当に最前列の男女の区別がつかないくらい眼が悪いンですよ。で、談志がここに座ってたというふうに思い込んじゃったことがあるンですねぇ。

もう、バンダナして、サングラスかけて、腕組みして、顎を触って、「何で師匠が、ここで聴いてるンだろう」っと思って、もう、ドギマギして、もう、一席の落語がわたしの芸能生活で最悪のボロボロの出来だった（笑）。それで、

「うわぁー、師匠、何で前に回って聴いてたンだろう。あとで、こんな酷え出来だったら、随分怒られるだろうなぁ」

っと思って、高座下がって、眼鏡かけて、こうやって隅から覗いたら、そしたら普通のオバサンだった（爆笑）。オバサンが、何かカチューシャみたいのをつけて、大きなサングラスの眼鏡をかけて、それでピーナッツかなんか食べてたンですね（笑）。これが、談志の所作に似てる（爆笑）。このオバサンの為にボロボロになった（笑）。そんなこともありました。だから、結構気が小さいのかも知れません。

あと、お伝えすることは、ようやく情報が解禁になりました『ビフォーアフター』で

すか。ね、サンケイスポーツ新聞に、こんなに小さく、どっかの会社の社長が死んだぐらいの記事が出てました（笑）。もう少し、これから情報が出て来ることによって、いろんな雑誌からも取材が来るンだろうと思ってますけどね。

立川談志の家というのは、たくさんあって、皆、家族が一緒に住んでいない別居状況。決しておかみさんと仲が悪い訳ではない。元々は新宿の大久保にある古いアパートに、談志は家族と一緒に暮らしておりました。それで、余にも狭いから、便はいいンだけど、家を一軒買おうということになって、練馬の片田舎に家を買ったンですね。当時の総理大臣の太平さんから借金をして、家を買った。大きな庭があって、横のほうには日本庭園みたいのがあって、そこで小さん師匠の家から盗んできた石灯籠が置いてあって（笑）、庭には練馬の近所の人が「名所だ」と言ってるぐらい立派な八重桜がある。

で、玄関に入ると、ここに立川談志のプライベートの写真と、若き日の談志と志ん生師匠が楽屋でもって話をしている、火鉢の前で、そんな写真がドーンと置いてある。それで入って直ぐ左のところに、四畳半ぐらいの前座部屋という、ここで前座は御飯を食べたり、寝泊りをする、一番粗末な部屋。

それを今回、『ビフォーアフター』で調べたらば、この家の中で一番立派な、本来はご隠居さんが住むよううな、そういう部屋だったンだそうでございます。

右のほうに、談志の大きな書斎があって、手塚治虫全集がずぅーっとこうやって並んでいて、志ん生だとか文楽だとかの音源やなんかも、いっぱいあって、で、談志のデスクがある。

そこに有名な「泥棒さんへ」ってメッセージが置いてあって、これはどういうことかと言うと、あるとき泥棒が入って、何にも盗む物が無いから、金目の物が一切無い。もう、散らかすだけ散らかして、宝石も何もお金も置いてありませんから、それで談志が、もう泥棒に入られて荒らされるのは嫌だからって、「泥棒さんへ」と手紙を書いて、

「ここには一切、泥棒さんが喜ぶような物がありません。全て資料と呼べるようなものですから、決して荒らさないで下さい。その代わり、お駄賃として、二万円を持ってってください」（笑）

って、手紙と一緒に二万円が置いてある（笑）。

その有名なメッセージのデスクがあって、奥が資料をたくさん置くような物置があって、その更に奥へ行くと、箪笥部屋があって、ここに談志が今まで着ていた着物が全部ズラッと入ってる。それで、お風呂とトイレを抜けると、二十畳ぐらいのリビングがある。階段で二階へ上がると、正面のところに談志の寝室があって、そのベッドの上に、談志がずっと可愛がっていた「ライ坊」というライオンの縫いぐるみが、腹巻をして座っている。

その寝室があって、こっちの、その寝室の前に、応接間があって、そこにオーディオのいろんな機械が置いてあったりした。更に奥に廊下を渡って行きますと、十二畳ぐらいの和室があって、そこに長火鉢や何か乙なものがあって、更にその前に子供部屋が、大きいのがドーンと二部屋ぐらいある。そういうお屋敷でございます。

談志がそこを買って、家族で引越しをしたンだけども、当時、バリバリに遊んでいた長女の松岡弓子さん（笑）。もう、毎晩のようにディスコやなんかに行って遊んでて、

「練馬だとディスコに行くのが大変だから、もう、わたしは家出する」

っと言って、家を出て、新宿のアパートに帰っちゃった。そしたら、おかみさんが、

「弓ちゃんだけ、新宿にいるのは可哀想だから、あたしも帰る」

と言って、おかみさんも帰っちゃった（笑）。そしたら、長男の慎太郎さんが、

「パパと二人暮らしは、堪らない」

と言って（笑）、いなくなっちゃった。それで、結局談志はそこに、たった一人で住むようになって、それがきっかけなんですねえ。

そのあと根津にマンションや何かを買ったりして、都合のいいところに行き来をしておりました。

わたしが、前座修行を談春兄さんやなんかと一緒にやったのは、その練馬の家でございい

ます。で、談志が死んだあと、たまに空気の入れ換えや何かしてたンだけど、ドンドンドンドン家ってのは、人が住まないと腐って来る。もう、雨漏りはするし、ヒーターも点かないような、もう、ボロボロになって来たンですね。

で、これだけの家ですから、売っちゃえばいいンですけど、談志が遺言でもって、

「(談志の口調) 俺の遺骨はなぁ、庭の八重桜のとこに、少し埋めとけ」

っていうのが、遺言であったンで、わたしが掘って、談志の骨をそこに埋めたンですね。埋めてしまったが為に、他人に売るわけにはいかなくなってしまった (笑)。でも、家族は誰も住みたいと言わない (笑)。で、わたしは、たまたま、自分で買ったマンションが、そこから歩いて十五分のところにあって、環境が同じなんで、ちょっと洒落で、

「わたしが住みましょうか?」

って、あくまでも洒落ですよ (笑)。

「わたしが住みましょうか?」

って言ったら、「いやいや」と言うかと思ったら、

「それは、いいね!」

ってことになって (爆笑・拍手)、話がドンドン盛り上がって、最初はちょっとリフォームしてもらって、もの凄い安い家賃でわたしが住もうと思ったら、何だか知らない

けど、匠《たくみ》とか（笑）、いろんなのが出てきちゃって、テレビ局が入って、全部で四千万だか、五千万だかかけてリフォームしますって、エライ騒ぎになってしまいました（笑）。え～、とうとう、来年からわたしが住むことになりました（爆笑・拍手）。別に、拍手することじゃない（笑）。名前を継がずに、家を継いでどうするンだ？　という（笑）。談志が死んだら、きっと志らくさんが談志の名前を継ぐンじゃないかと、一部の落語ファンは、皆、そういうふうに口を揃えていたのが、名前を継がず、家を継ぐという、とんでもない結果になってしまいました（笑）。

まぁ、一般公開はしませんけれど、談志の書斎を復元して、そこを談志の資料館のようにして、談志の大事な資料を、ずっとわたしが守っていこうということでございます。こんなに弟子として名誉なことは無いのに、その噂を聞いた談春兄さんは、嫉妬でしょうね、ヤキモチでしょうねぇ、

「おまえ、管理人になるンだって？」（爆笑）

管理人になる訳じゃない。まぁ、テレビでも十一月三十日放送というのが、一つ、告知されていますけど、何回かに渡って放送するらしいのですが、未だ、わたしもそこら辺は聞いておりません。家も見ておりませんので、これから撮影ですよ。で、わたしが子供とかみさんを連れて、弓子さんと一緒にこの家に入って、チャラララァァンって音楽が

流れて（笑）、で、サザエさんの声の人でもって、「驚く志らくさん」とか（爆笑）、いろんなことを言われるンでしょうね（笑）。あんまり、サザエさんには言われたくありませんけれど（笑）。そこらへんは、これから楽しみでございます。

今日は、最後、三席。

談志がわたしの『疝気《せんき》の虫』を聴いて、談志の十八番ですから、わたしが二十五周年の時だったですか、札幌で独演会を演って、談志がゲストに来てくれて、そのときに舞台袖で聴いていた談志が、わたしの『疝気の虫』、ハチャメチャな……。

「（談志の口調）おまえ、いいじゃん。おまえの『疝気の虫』でもねぇ、うん、志ん生を感ずるンだよね」

って、言ってくれた。談志にとっての神様・志ん生。それを弟子の落語の中に感ずると言ってくれたンで、わたしとしてはそれは最大の名誉の言葉でございます。

「（談志の口調）こういう落語、俺のような落語を演るのは、俺とおまえ、二人だけだよなぁ」

こういうふうに言われたこともある。落語家って、七百人ぐらい居ますから、二対六百九十八という（笑）、こういう分布がそこで出来上がりました（笑）。

『疝気の虫』という、これは疝気、男の下《しも》の病で、金玉が膨らんで、お腹が痛くなるという――今で言うと、鼠径《そけい》ヘルニア。何もそんな難しい名前を付けることは無い。「てんぐ熱」だって、ずぅーっとわたし、ドンドン顔が真っ赤になって、鼻が高くなるのかと思ったら、てんぐってあれは、英語なんだそうですね。何もそういう難しい名前なんか付けることはないンですけど。昔は、男の下の病というと、疝気と相場が決まっていたンだそうで……。

あとがき

立川志らく

「談志であまり商売するなよ」と、近しい人に言われた事がある。確かにその通りだ。談志が亡くなった当初、私ほど談志について語った人間はいないであろう。テレビ、ラジオは勿論、談志関連の書籍を三冊、談志のことば、DNA対談、談志志らくの架空対談。しまいには、「談志のおもちゃ箱」なる演劇公演まで開催した。

当時は、談志追悼芸人と揶揄されたものだ。でもそれが弟子の使命だと思っていた。談志の名前を風化させてはいけない。談志は死んでいない。志らくの身体の中で生きて、己の落語の未練を語るのだと宣言した。

私が高座にあがる時は、いつも談志と相談してあがっている。私の中の談志が消え、つまりは志らくと同化した時に、名人・立川志らくが誕生すると信じている。このマクラ集の依頼があると言うことは、まだまだ談志は健在。志らくが名人になるのは先の話である。

それはさておき、改めて自分が喋った話を読んでみると、談志の死はもっと先のことだと、私が思い込んでいるのがよくわかる。死なないと本気で思っていた。死んだあとも、比較的落ち着いている。それは亡骸と対面していないから。葬式は、家族だけの密葬だった。それに対し、不満を言う弟子もいたが、私はそれは違うと思っている。

ずっと師匠は立川談志だった。最後くらい家族のパパでいて欲しいと、家族が思う事を何故察してあげられないのか。それはおいておいても、亡骸《なきがら》と対面していないからこそ、弟子は師匠の死を現実のものとして、なかなか受け入れられない。

それは素晴らしい事ではないか。師弟において別れという概念は、存在しないのである。自分が死ぬまで師匠は、師匠として存在するのだ。それが師弟の正しい在り方ではないか。少なくともそれが伝統芸能というものだと、私は思っている。だからこのマクラ集のタイトルを、私は「生きている談志」にした。この本を企画し、膨大な音源の中から談志関連のマクラをチョイスして、文字起こしをしてくれた出版担当者に感謝します。

『大工調べ』

1995年11月に行われた「立川志らく　真打昇進記念パーティー」で出席者に配布された記念CDの収録音源。詳しい録音年月日、録音場所は記録されていない。真打昇進当時、「スピードの志らく」と評されていただけあって、棟梁の言い立ての疾走感は圧巻。

パスワード　19951155

『死神』

1995年11月に行われた「立川志らく　真打昇進記念パーティー」で出席者に配布された記念CDの収録音源。詳しい録音年月日、録音場所は記録されていない。「よくこんなサゲを考えつきやがったなぁ」と談志を感心させた伝説のサゲが録音されている。

パスワード　19951143

竹書房の落語 文庫&書籍

立川談志 まくらコレクション
談志が語った〝ニッポンの業〟
立川談志・著 和田尚久・構成

立川談志に禁句は無い！天災落語家が、昭和・平成の世相を斬った珠玉の「まくら」集！スマホで聴く落語三席QRコード配信頁付。

林家たい平 快笑まくら集
テレビじゃ出来ない噺でございますが、
林家たい平・著 十郎ザエモン・解説

林家たい平のテレビじゃ見られない落語家の顔。テレビ番組『笑点』出演の人気落語家の話芸で、世の中がたまらなく面白くなる！

立川談志 まくらコレクション
夜明けを待つべし
立川談志・著 和田尚久・構成

落語界の風雲児、「この世の本質」を語る！落語とは？ 人間とは？ イリュージョンとは？ 核心を突く批評眼で21世紀を斬る！

落語三昧！
古典落語／名作・名演・トリヴィア集
著者・柳亭市馬／瀧川鯉昇／柳家花緑／古今亭菊之丞／三遊亭兼好／古今亭文菊

コミック「昭和元禄落語心中」登場の古典を主にした豪華ラインアップの徹底的落語ガイド。名作を読み、名演を聴く、雑学を知る。

古典落語 知っているようで知らない噺のツボ

著者・柳家花緑／桃月庵白酒／三遊亭兼好／十郎ザエモン

知れば古典落語がもっと面白くなる。オチの理由、噺の背景、江戸の常識等々。スマホで聴く落語九席QRコード配信頁付。

柳家花緑の同時代ラクゴ集 ちょいと社会派

藤井青銅・著　柳家花緑・脚色 実演

平成の世を落語にするとこんなに面白い！現代日本の時事を放送作家・藤井青銅が落語にして、柳家花緑が洋装で語った十三篇。

立川志らく　まくらコレクション
生きている談志

2016年11月24日　初版第一刷発行

著……………………………………………………… 立川志らく

編集人……………………………………………… 加藤威史

配信音声協力…………………………………… 小倉真一
ブックデザイン………………………………… ニシヤマツヨシ

発行人……………………………………………… 後藤明信
発行所……………………………………… 株式会社竹書房
〒102-0072 東京都千代田区飯田橋2－7－3
電話　03-3264-1576（代表）
03-3234-6224（編集）
http://www.takeshobo.co.jp
印刷・製本………………………………… 凸版印刷株式会社

※本作特典のＱＲコードによる音声配信は、2018年5月末日で配信終了を予定しております。予めご了承下さい。
ISBN 978-4-8019-0915-1 C0176
Printed in JAPAN